U0723464

后浪

恶魔幻影志

［日］涩泽龙彦

著

王子豪

译

中国友谊出版公司

目 录

格吕内瓦尔德，《圣安东尼的诱惑》，《伊森海姆祭坛画》（局部），
1512—1515 年，科尔马，安特林登博物馆

阿尔布雷希特·考夫（Albrecht Kauw），《死亡之舞》，尼克劳斯·曼努埃尔·多伊奇壁画的水彩画摹本，17世纪，伯尔尼历史博物馆

序　言

　　这本名为《恶魔幻影志》的艺术史随笔集，是笔者写于十七年前的作品。1961年3月至10月，分八期连载于艺术杂志《水彩画》①。此番作为单行本出版之际，笔者新添了四十页左右的内容，但大体上保持了十七年前的原貌。

　　桃源社早有将本书结集出版的打算，但由于笔者要么忙得无暇他顾，要么一闲下来便又疏懒怠惰，本书的面世便不得不推迟至今。说实话，笔者很想将这部少作全面推倒重来。十七年前，笔者年不过三十，不顾知识储备与参考文献的匮乏，单凭一腔初生牛犊不怕虎的干劲，就执意挑战在当时的日本尚无人涉足的领域。如今想来，不曾亲眼见过一座罗曼式教堂却洋洋洒洒写下数万言，不免让人羞惭。

①　《水彩画》，由水彩画家大下藤次郎于1905年创办的艺术杂志，最初仅仅旨在普及水彩画，后发展为介绍东西方绘画作品的综合类艺术杂志。1992年休刊。——如无特别说明，本书中所有脚注均为译者注。

　　在今日之笔者看来，这部少作多有思虑不周之处，令人不满之处更是俯拾皆是。然而，推倒重来也不太现实。笔者最终决定不做改动，让《恶魔幻影志》保持发表在杂志上的原貌结集出版，因为我今后或许也不会再有做大幅修改的余裕了。思虑不周或者令人不满之处虽然显眼，但当作研究资料来阅读不也有一番意趣吗？

　　十七年来，笔者一直在收集中世纪恶魔题材绘画作品的相关书籍，如今它们已在我的书房中堆叠成山。在写《恶魔幻影志》之时，笔者未能活用这些沉睡在书房深处的资料便草草让其面世，对此我也深感遗憾。但这实属无可奈何之事，人的能力是有限的。尤其是对笔者这种不善布局谋篇的人而言，大幅修改书稿实在难办。

　　这听上去极像在辩解，但《恶魔幻影志》确实是笔者最心爱的作品之一，正因如此，它才迟至今日面世。笔者现在深切地体味到了眼看着掌上明珠嫁为人妇的父亲的心境。出嫁的筹备工作远远谈不上周全，但为了已耐心等待十七年的桃源社的矢贵升司君，笔者也只好微笑着送女儿出嫁。

　　单行本新添的部分包括第一章《恶魔形象的起源》以及第二章《恶魔的肖像学》的前半篇。这些篇章也是在数年前写下的。

1978年8月

恶魔形象的起源

"恶魔"这一概念在欧洲人心中唤起的形象大抵是19世纪的画家欧仁·德拉克洛瓦（Eugène Delacroix）笔下的梅菲斯特：一张血口裂开至耳际，细长的眼睛高高吊起，手里抱着一把吉他，面露讥笑地弹奏着恋歌，双脚是一对蹄子，臀部长有一根尾巴。

　　浪漫主义时代的恶魔形象充满漫画式夸张，但追本溯源，其原型是罗曼式或哥特式教堂中用石头雕刻而成的中世纪基督教的地狱拷问者。根植在欧洲人记忆中的恶魔形象与基督教传统密不可分，以至于他们根本无法想象诞生自其他文化及宗教传统的恶魔。日本人亦是如此，若说起恶魔，我们联想到的，无论如何也不会是《地狱草纸》①

---

① 《地狱草纸》，12世纪的画卷，反映了平安时代晚期至镰仓时代初期流行的六道思想，描绘各种恐怖的地狱场景。东京国立博物馆藏本中有发火流地狱、火末虫地狱、云火雾地狱、雨炎火石地狱四图。

德拉克洛瓦，《梅菲斯特》，19 世纪，巴黎国立图书馆
（浪漫主义时代的恶魔形象）

中的鬼和佛教的罗刹，而是基督教的恶魔形象。

然而，我们有理由认为，恶魔的诞生与基督教毫无瓜葛，它最初的形象起源于巫术与神话。我们甚至可以说，人们对恶魔的记述可以追溯到遥远的史前时代。

"恐惧是人类所持有的最古老、最强烈的情感。"恐怖小说作家洛夫克拉夫特（H. P. Lovecraft）如是写道。原始人类相信超越性的不可见力量的存在，这股力量是如此危险，必须通过祈祷来被除邪恶。对原始人而言，生与死、时间与空间之类的概念是混沌未分的，可见之物与不可见之物、自然与超自然的区别也并非泾渭分明。在洞窟中生活的他们畏惧黑夜，时刻担心遭受来自看不见的恶灵和死灵的袭击。疾病由恶灵所传播，死亡由恶灵所播撒，被如此危险的力量包围的原始人不得不通过祈祷来驱逐恶灵。

在不断忍受超自然力量所致之灾的漫长岁月的尽头——旧石器时代晚期，他们终于开始试图支配这股力量。于是，以交感律或共感律为基础的死亡巫术与模拟巫术诞生了。

法国考古学家萨洛蒙·雷纳克（Salomon Reinach）在20世纪初提出了一个大胆的观点：艺术起源于巫术。尽管这一学说饱受争议，但是对旧石器时代晚期洞窟艺术的研究做出卓越贡献的亨利·布勒伊（Henri Breuil）神父显然也继承了雷纳克的观点。据布勒伊神父所言，驯鹿时代的艺术家们"信仰狩猎的巫术，即繁殖与猎杀的巫术，这是让他们的艺术走向成熟的社会因素。他们身兼艺术家与巫师的身份，一边出于对艺术的热爱而作画，一边期待着猎物增加、凶兽死亡以及捕猎活动的顺利进行"（《洞窟艺术的四万年》，1952年）。

向画在洞窟石壁上的野兽射箭的行为是一种猎杀动物的巫术，换言之，洞窟绘画的目的是创造出真实动物的替身并施展巫术。在马、野牛及其他野兽身上镌刻或者描画的箭矢很明显是咒术的象征。

与此类似，蒙特斯潘洞窟（位于法国上加龙省）出土的动物泥塑、伊斯图里兹洞窟（位于下比利牛斯省）中由驯鹿角制成的野猫像均为巫术用具。在加尔加斯洞窟中发现了大量的阴文手印岩画[①]，其中大多数手印的手指是残缺不全的，这或许是为了消弭灾厄、免遭来自死者的复仇，或者驱逐恶灵而付出的牺牲。朗格兰河畔昂格勒（位于普瓦图省）的岩壁浮雕、屈尔河畔阿尔西（位于约讷省）的壁画都向世人昭示着此地曾经举行过某种仪式。更有甚者，原始人用手指在拉波美拉特罗纳洞窟（位于加尔省）的土壁上画下一条长达三米的巨蛇，这与其说是现实世界的蛇，毋宁说是人类幻想中尚显质朴的恶灵。

---

① 阴文手印，手印岩画分为阴文与阳文两种，前者是将手伏在岩壁上，用颜料喷绘形成的空白手印；后者是用手蘸颜料，在岩壁上印出的红色或黑色手印。

　　人类的想象力将在后世创造出最早的撒旦形象——出现于神话之中的龙，而这早在旧石器时代晚期的奥瑞纳文化①形成之初就已经初露端倪。

　　另一幅旧石器时代的著名绘画——三兄弟洞窟（位于阿列日省）的壁画可谓基督教意义上对恶魔的最早表现。英国人类学家玛格丽特·默里（Margaret Murray）女士在其名作《巫师们的神》（1931年）第一章《长角的神祇》的开篇引述了这幅画：一个身披鹿皮、头戴巨大鹿角的巫师在跳舞。默里女士主张，被基督教视为恶魔祭祀、伴随扮成动物行为的异教仪式可以追溯到旧石器时代。自不待言，参与洞窟仪式的原始人并不会把扮成鹿的巫师当作恶魔。古老的土著宗教所信奉的"长角的神祇"遭到新兴的基督教的敌视，被恶的原理所同化，长角的恶魔形象才逐渐诞生。

　　或许善恶二元论是伴随着巫术一同走向成熟的。符合自然原理的生命律动、光明与黑暗的循环、人生中喜悦与不幸的交织迭代，都使得人类易于接受"世界上存在着善与恶的神"的思想。这种信仰极大地促进了巫术的发展，也使得善恶二元论的原理臻于完善，以至于我们几乎可以在世界上的所有宗教中发现善恶二元论的存在。

---

① 奥瑞纳文化，公元前三万至两万四千年左右分布在欧洲各地的旧石器文化，因最早发现于法国西南部比利牛斯地区的奥瑞纳洞窟而得名。除了石器和骨器以外，还出土了动物泥塑、女性雕像等艺术品。

佩戴鹿角跳舞的巫师，旧石器时代位于
法国阿列日省的三兄弟洞窟壁画

在对史前时代进行了粗略考察之后，我们把目光转向最古老的文明时代。

自文明初始以来，东地中海沿岸一直盛行对自然的狂暴力量所化身的恶神的崇拜。摩押人崇拜的巴力毗珥[①]（Baal-Peor）、神秘的非利士人尊崇的偶像大衮[②]（Dagon）、赫勒斯滂的丰收之神普里阿波斯[③]（Priapus）均属此列。腓尼基一带传播甚广的偶像巴力（Baal）、亚扪人崇拜的摩洛（Moloch）亦在《旧约》中出现过。他们向信徒要求活人献祭，这无疑是恶神崇拜最纯粹的体现。亚述-巴比伦艺术残留着鲜明的恶神崇拜的血腥痕迹。早期基督教的教父们为了镇压这些延续到罗马帝国时代的古代偶像崇拜不得不殚精竭虑。

想必很多人都对最近备受好评的恐怖电影《驱魔人》中出现的亚述恶神帕祖祖（Pazuzu）的青铜雕像（公元前10世纪前半叶）记忆犹新，它堪称最强大的恶神之一。据法国的东方考古学家安德烈·帕罗特（Andre Parrot）的《人类的艺术》记述，"他愁苦的面容之下是

[①] 巴力毗珥，出自《民数记》的摩押人信奉的神明，后演变为基督教恶魔学中七大罪之"怠惰"对应的恶魔贝尔芬格。
[②] 大衮，西闪米特人信奉的丰产神，上身为人，下身为鱼。《撒母耳记上》记载，非利士军队曾大胜以色列人，将象征耶和华的约柜置于大衮庙中，使得大衮神像扑倒在约柜前，次日神像再次扑倒甚至被折断头及双手。畏惧的非利士人将约柜送回给以色列人。
[③] 普里阿波斯，古代赫勒斯滂地区的丰饶之神，是果园与庭院的守护神，以其巨大的阴茎而闻名。

一具干瘦的身体，双脚是猛禽的利爪，背部生出半敛半展的羽翼。扭曲成钩形的双手进一步放大了这尊丑恶的雕像的威慑感"。帕祖祖是空中的众恶神之王、带来瘟疫的热风之化身，以及与所有善良神祇为敌的恶神。此外，亚述艺术中长有双翼的人面狮、令人联想到叫弥诺陶洛斯（Minotaur）的牛头人身怪物，以及与肯陶洛斯（Centaur）相仿的半人半马怪物皆为后世希腊神话中怪兽的雏形。

古埃及是罗马人深为忌惮的土地，神话般的半人半兽怪物在那里肆虐横行。长着母牛头的女神哈托尔（Hathor）是地底墓地的守护神，她多次出现在底比斯的法老陵墓的壁画中。阿努比斯（Anubis）的头颅是豺狼，塞赫迈特（Sekhmet）的头颅是母狮，透特（Thoth）的头颅是朱鹭，三者皆是杂交的怪物。魔法也在这片土地上流行，女神伊西斯（Isis）是一名伟大的巫师，她用咒语复原了被肢解为十四块的丈夫俄塞里斯（Osiris）的肉体。隼头人身的月神孔斯（Khonsu）从病重的女王体内驱逐恶灵，孕妇的守护神、丑陋的矮人贝斯（Bes）能让邪恶的精灵敬而远之。塞特（Seth）长有一颗类似驴的动物的头颅，他是太阳神拉（Ra）的敌人、光明与大地上幸福的破坏者，可谓恶魔在埃及神话中的化身。塞特是荒漠、暴风雨与黑暗人格化的神，希腊人将其等同于下半身为蛇的巨人堤丰（Typhon）。

《亡灵书》①记载，塞特和撒旦一样因为傲慢之罪被
神界流放，殊为奇妙的是，其叙述笔调令人想起《启示
录》。巨人族与神族的斗争神话在全世界的宗教中都普遍
存在。在婆罗门教的神话中，因陀罗（帝释天）与阿修罗
族（非天）争斗不休，湿婆的配偶难近母降伏了长着水牛
头的魔神，有兴趣者可以在著名的马哈巴利普拉姆岩壁浮
雕（7世纪）中一睹其风采。在北欧神话中，雷神托尔探
访巨人族的国度，不断与巨人们和米德加尔德巨蟒交战。

　　当然，我们在希腊神话中也能发现这类巨人族与神族
斗争的神话类型——提坦神族（巨人族）与宙斯之间的
战争。赫西俄德的《神谱》写道："一时里，无边的海浪
鸣声回荡，大地轰然长响，连广天也动撼呻吟。高耸的奥
林波斯山底在永生者们的重击之下颤动。"②在历经十年的
战争之后，战败的提坦神族被囚禁在塔耳塔洛斯（冥府的
最底层、关押背叛诸神的重罪者之场所）。但丁与其向导
维吉尔看见被锁链捆缚在地狱的井穴之中的巨人们，后者
解释道："这个狂妄的巨人想试一试自己的力量同至高无
上的朱庇特对抗，因此他得到这样的报酬。"（《神曲·地

---

① 《亡灵书》，古埃及埋葬死者时随葬的文书，写在莎草纸上，内容为祈
祷死后在冥间的安全以及复活的咒文。
② 引文参见吴雅凌，《神谱笺释》，北京：华夏出版社，2010年，第
137页。

狱篇》第三十一章）[1]这与叛逆天使的堕落如出一辙。

希腊神话中还出现了一种充满宗教与色情意味的人兽交婚现象，这种结合生出牛头人身的弥诺陶洛斯、半人半马的肯陶洛斯等怪物。或许有人还会想起将奥德修斯的部下变成猪的女巫喀耳刻。"弥诺陶洛斯"一词源于"弥诺斯"，他是古代弥诺斯的国王，亦是冥府的审判官，由此可见，希腊神话具有明确的死者之国的概念。被视为埃及之塞特的堤丰也是在与宙斯的斗争中落败并被打入冥府的巨人。这个下半身为巨蛇的丑陋怪物与女蛇妖厄喀德那（Echidna）交媾，生下了地狱看门犬刻耳柏洛斯（Cerberus）、勒拿湖的许德拉（Hydra，水蛇）和喀迈拉（Chimera，喷火兽）等怪物。我们列举一下居于冥府的诸神的名字：死者之国的统治者哈得斯（Hades）、冥王掠夺来的妻子珀耳塞福涅（Persephone）、亡灵女王赫卡忒（Hecate）……还有复仇女神厄里倪厄斯（Erinyes）、侍奉赫卡忒的女怪物恩浦萨（Empousa），他们共同组成了可怖的冥界眷族。

希腊人将这些怪异的神话主题描画在陶器和瓶罐上，雕刻在大理石石棺上。如同装饰在武器和墙壁上的戈耳工（Gorgons，蛇发女妖）之首一般，这些绘饰充满艺术家的

---

[1] 引文参见但丁，《神曲·地狱篇》，田德望译，北京：人民文学出版社，1990年，第253页。依从现今通行译名，原译文"尤比特"改作"朱庇特"。

匠心。我们无法在此一一举例,若要论其中最具代表性的作品,非波利格诺托斯(Polygnotus)在德尔斐留下的壁画《克尼多斯人的集会场》(公元前5世纪)莫属。当然,这幅作品没有被保留下来,但帕夫萨尼亚斯(Pausanias)的描述表明,这幅画描绘了坠入冥界者受罚的情形。还有一幅作品也体现了相同的构思,那就是塔尔奎尼亚的坟墓中的壁画。譬如奥伽斯之墓的壁画(公元前4世纪末)中的恶神图楚尔查(Tuchulcha,一说是冥河的船夫卡戎),他身负双翼,鼻子是秃鹫的利喙,头发是蛇,耳朵是驴耳,手中握有一柄棒槌。另外,伊特鲁里亚艺术中出现了大量关于恶魔、地狱和拷问的内容,这些洋溢着幻想气息的残酷绘画在近年来备受瞩目。

然而,罗马人的现实主义将会使得这些地狱神话散发出的炽热幻想气息完全冷却。罗马人相信拉弥亚(Lamia,掳走孩童的女妖)、食尸鬼(阿拉伯人的传说中啖食尸体的女妖)和勒穆瑞斯(Lemures,死者的亡魂)的存在,它们是吸血鬼和狼人的遥远祖先。诚然,维吉尔、贺拉斯与阿普列乌斯(Apuleius)的作品中经常出现赫卡忒的名字,罗马的埃斯奎利诺山的墓地是擅长使用毒药与媚药的女巫们例行聚会的场所,但是这些风俗对罗马人的艺术作品没有产生丝毫影响,他们基本上延续了希腊古典时代的主题。

尽管如此,斯芬克斯与喀迈拉所栖息的另一个世界的观念并没有从罗马人的精神世界中消亡。密特拉教深受伊西斯-塞拉皮斯[①]（Serapis）的宗教与琐罗亚斯德教的影响，它在保留了冥界观念的同时，大肆渗入罗马的领土，在与罗马的古代原生宗教的斗争中取得了优势地位。有确切的史料表明，许多罗马皇帝虽然表面上对巫术严加取缔，背地里却豢养巫师。这种夹缠不清的局面将会一直持续到新兴的基督教教义压倒古老巫术的那一日，届时新的善恶二元论将被确立，败北的诸神将一律被视为恶魔。

令人无法不惊异的是，基督教原本只是在罗马帝国边陲的犹太行省流行的民族性宗教——犹太教的一个微不足道的分支，但它仅仅用了四个世纪的时间，就凌驾于当时盛行的诸多希腊化宗教之上，并且最终取得世界性宗教的霸主地位。宗教史学家弗朗斯·屈蒙（Franz Cumont）曾断言："如果基督教没有取得胜利，密特拉教或将取而代之并统治这个世界。"但可惜的是，基督教成了最后的胜利者。

基督教以一种绝不妥协的态度，将偶像崇拜斥为恶魔行径，把异教的诸神统统流放到恶的世界。狂热的传教士圣保罗说："外邦人所献的祭是祭鬼，不是祭神。"[②]（《哥

---

① 塞拉皮斯，希腊化时期的埃及神祇，经常取代俄塞里斯作为伊西斯的配偶神受到祭祀。相传为托勒密一世为统治希腊人与埃及人而创造出的复合神。

② 本书《圣经》引文均引自中国基督教协会 2009 年版，其中部分字词依从现通行译法做了修改。——编者注

林多前书》）异教徒向这些恶魔献上牺牲以求与之和解，换言之，他们不断经受着将恶魔神格化的诱惑。倘若身为犹太人，便极难从这种诱惑中逃离。

一般认为，一神教起源于古老的二元论。自巴比伦之囚以后，犹太的一神教受到"阿胡拉·玛兹达与阿里曼之斗争"的二元论信仰潜移默化的影响。以威廉·布塞特（Wilhelm Bousset）为代表的宗教史学派认为，关于基督教在何种程度上受到伊朗式二元论的影响，还存有诸多尚未解决的疑点，但是基督教的天国与地狱之决裂、被拣选者与堕落者之间宿命般的差异都具有无可争议的古代二元论的特征。因此，尽管基督教否定与神敌对之恶的永恒性，但它仍然无限接近于犹太教——肯定天使王国与恶魔王国之共存——的《塔木德》思想或者卡巴拉思想。

《塔木德》与卡巴拉文献中有大量关于恶魔的起源、名称及恶行的论述，《圣经》同样充斥着暗示恶魔之力的记述。亚当的堕落是以蛇为象征的恶魔诱惑的结果，该隐杀人恐怕也是听从了看不见的恶魔的教唆，就连耶稣也不得不在荒野之中抵抗撒旦的诱惑。耶稣经常将鬼从被鬼附身之人的体内驱逐出去。《新约》有时也把鬼唤作"污鬼"。换言之，恶魔学传统在伊斯兰、东方和斯堪的纳维亚等犹太文明之外的周边世界的民俗土壤中逐渐丰富，从而衍生出《圣经》中的传说故事。基督教教会无法完全禁止纷繁的传统教义，便将其与基督教教义叠加起来，创造出一种宗教性的共生体。将自然的狂暴力量人格化的信仰能够追溯到史前时代，无法与之抗衡的基督教只好将其划定为恶魔性力量并安置在新秩序之中。

若将基督教的恶魔与斯堪的纳维亚的火神洛基（Loki）相比较，两者的相似性是显而易见的。洛基和撒旦同样诡计多端，撒谎成性，有诸多恶毒和背叛之行。若再与波斯神话中的众德弗（恶神）之王阿里曼（Ahriman，即安哥拉·曼纽）相比较，基督教的恶魔与异教神的相似性更是一目了然。据《阿维斯塔》①记载，恶神安哥拉·曼纽如诱惑基督的撒旦一般向琐罗亚斯德提出谜题，试图用花言巧语诱惑他。如此看来，基督教恶魔的特征并非独创，而是杂糅了地中海沿岸地区、日耳曼人部落以及波斯萨珊王朝神话与民俗故事之后的产物。

恶魔，在希腊语中被称为"διαβολή"（意为超自然的存在、精灵），在拉丁语中被称为"Diabolus"（毁谤者），在希伯来语中被称为"撒旦"（敌对者）。如其名所示，恶魔可谓无国籍的世界公民。

生于非洲的护教士米努修·费利克斯（Minucius Felix，2世纪末至3世纪初）在对话录《奥克塔维厄斯》（*Octavius*）中将恶魔定义为"丧失自然的志趣而终日沉溺于罪恶，乐于将他人引向恶的渊薮，性喜流浪的邪恶之

---

① 《阿维斯塔》，琐罗亚斯德教圣典，内容包括基于善恶二元论的神学、神话、颂歌以及经文等，现存部分仅有四分之一。

灵"。或许恰如其所说，对流浪的癖好是恶魔的诸多特性
中最不容忽视的一点。

随着基督教在西欧的地位越来越稳固，基督教特有
的"地狱"与"叛逆天使的堕落"的观念也逐渐被确立。
如前所述，"叛逆天使的堕落"的观念并非基督教所创
立。然而，埃及与希腊-罗马世界表现这场诸神与巨人之
间的宏大战争的艺术作品（譬如帕加马祭坛的浮雕）少
之又少，相较之下，基督教艺术中的同类作品的数量却
惊人。那么，我们便来说说这基督教化的"巨人战争"
（Gigantomachy）吧。

拉韦纳主教府博物馆的6世纪马赛克壁画描绘了践踏
着蛇与狮子的胜利者基督。在此处，蛇与狮子显然象征着
恶魔的两种特征——狡猾与凶暴。我没有余裕在此详述
蛇的象征意义，各位读者只要晓得蛇在基督教语境中意味
着诱惑与原罪的污染便已足够了。关键在于，善的原理
对恶的原理至此已经取得了压倒性胜利。从15世纪末的
卡尔帕乔（Carpaccio）、拉斐尔（Raphael）、圭多·雷尼
（Guido Reni）至19世纪的安格尔（Ingres），我们将在所
有西欧画家笔下一再发现这一主题。"圣人与圣女征服象
征恶之原理的巨龙"的主题是其变体，就连消灭斯芬克斯
的俄狄浦斯、杀死戈耳工的珀尔修斯的主题亦在其流变的
系谱中。在这些故事里，主人公无论是基督教的大天使，
还是希腊的英雄，读起来似乎都没有什么差别。

老彼得·勃鲁盖尔,《叛逆天使的堕落》,
16 世纪,比利时皇家美术博物馆

　　佛罗伦萨新圣母大殿的壁画（14世纪）与让·富凯（Jean Fouquet）的细密画则表现出宗教融合主义的另一面。身披甲胄的大天使米迦勒击败了路西法，天使的形象与《启示录》的文本紧密贴合，可谓对圣约翰的幻想的忠实翻译。与圣米迦勒战斗的是"一条大红龙，七头十角，七颗头上分别戴着七个冠冕"。龙的尾巴"拖曳着天上星辰的三分之一，摔在地上"。贝亚图斯（Saint Beatus of Liébana）所著的《启示录评论》的诸多插图抄本堪称罗曼式抄本艺术的精粹，颇负盛名的圣瑟韦抄本（巴黎国立图书馆，11世纪）、巴利亚多利德大学抄本（10世纪）与摩根图书馆抄本（10世纪）都是对圣约翰的文本的生动写照。

　　然而，不久以后，《启示录》中天使与恶魔斗争的意象本身将自发地开始演化，变得越发复杂且奇诡。而这场演化的高潮是佛兰德画家老彼得·勃鲁盖尔（Pieter Bruegel the Elder）的《叛逆天使的堕落》（1562年，比利时皇家美术博物馆），它拉下了中世纪恶魔形象的最后帷幕，也为文艺复兴搭建了最初的桥梁。在这幅画中，曾经化身为龙的爬虫类恶魔早已消失无踪，它们蜕变为由毛毛虫、蝴蝶、青蛙、鱼和飞蝗等混杂而成的极具妄想性的杂交怪物，被交飞的众天使用利剑虐杀。拜占庭式的古典恶魔概念最终被新的杂交怪物取而代之。

恶

魔

的

肖

像

学

众所周知，因叛逆罪被天国流放的恶魔撒旦曾是一位名为"路西法"的权天使，这一名字的含义是"黎明之子"。恶魔是"从天上坠落的黎明之子"（《以赛亚书》）、"离开自己住处的天使"（《犹大书》）。上帝将撒旦及其追随者打入地狱的深渊，同时又让他们在地上王国拥有强大的权力。于是，撒旦就如《圣经》所记载的那样成为"此世的王"，能够在地狱和人间自如地行走。撒旦徘徊于人类的国度，使人们沦于痛苦，走向邪恶。《约伯记》的经文已经向我们指明了这一点："有一天，神的众子来侍立在耶和华面前，撒旦也来在其中。耶和华问撒旦说：'你从哪里来？'撒旦回答说：'我从地上走来走去，往返而来。'"

　　恶魔的工作便是在"地上走来走去"，等待诱使人类犯罪的时机。被无数部下簇拥的撒旦一刻也不曾擅离职守过。自堕入地狱以来，撒旦的眷族在人间肆虐横行。根据16世纪的恶魔学家约翰·维耶尔（Johann Weyer）的计算，恶魔的总数达到七百四十万九千一百二十七，其中有七十二位魔王，统帅着一千一百一十一个军团，各军团由六千六百六十多①个恶魔士兵组成。维耶尔是文艺复兴时期的人文主义者、深受克莱沃大公信任的宫廷御医，他经过极其缜密的计算得出了这个令人瞠目结舌的结果。不过，与维耶尔同时代的宗教改革家马丁·路德也对恶魔的存在深信不疑。一个流传甚广的故事是这样的，路德在瓦尔特堡翻译《圣经》即将完稿之际，在房间一隅看见一头恶魔，便拿起墨水瓶将它砸跑了。

　　撒旦拥有自如的变身能力，可以时而变成人或者动物，时而又变成物体。16世纪的恶魔学家亨利·博盖（Henry Boguet）认为这是因为恶魔的"肉体是由空气以外的元素构成的"。根据普塞洛（Michael Psellos）、特里特米乌斯（Johannes Trithemius）、德尔里奥（Martin Antoine Del Rio）等人的学说，恶魔依其栖居的场所被分为火系、空气系、地面系、水系、地底系与黑暗系六种——从中世纪至16、17世纪，基督教恶魔学已经发展为一门穷幽极微的学问。

　　恐怖对于稳固民众的信仰是必不可少的，因此，教会

---

① 此处原文为"六千六百零六"，疑作者误。——编者注

的政治官僚主义者们通常都乐于接受恶魔附身的故事。妄想症患者和精神病人声称看见恶魔的自白会被用于宣传宗教信仰。于是，个体的幻觉迅速聚集，并且与埋藏于民众心底的集体无意识相结合，在中世纪社会一举喷涌而出。令事态更加错综复杂的是，不仅仅是民众，就连圣贝尔纳德（Saint Bernard）、路德这样的知识分子都宣称曾与恶魔亲切交谈。

9世纪末，向来轻视乡间迷信与恶魔附身妄想的教会出于稳固教会内部的需要，将这些民间迷信纳入教理并且使之法规化。圣托马斯·阿奎那（St. Thomas Aquinas）甚至在《神学大全》中写下："正统信仰承认恶魔的存在。恶魔干着妨碍人类性交的勾当。"毋庸赘言，这种观点是盛行于乡野田间的"爱之诅咒"的迷信被宗教法规化之后的产物。而正如我们所知的，这些法规在13世纪之后——尤其是16、17世纪——将指引教会搭建起异端审问的火刑架，制造出惨绝人寰的悲剧。

恶魔的幻影可能飘荡在人间的任何地方，然而在西欧造型艺术史上，恶魔在很长一段时间内并不受青睐。基督教早期艺术家的作品里似乎完全没有出现过恶魔。这究竟是因为恶魔无法激起艺术家的创作欲望，还是因为那些作品在漫长的年月中被毁坏或佚失，我们已经不得而知了。无论如何，恰如埃米尔·马勒（Émile Mâle）所说："地下墓室①艺术不知恶魔为何物。"(《12世纪的法国宗教艺术》)或许许多艺术家都对是否要描绘与基督对抗的恶魔一事踌躇不决。罗马的圣玛策林及圣伯多禄地下墓室（第十四墓室，3世纪末）中有一幅描绘亚当与夏娃受诱惑的壁画，其中出现了《创世记》所记载的蛇的身影，这或许是对关于恶魔的事物极其罕见的艺术化呈现。埃米尔·马勒说道："一切尚在光明之中。没有任何东西能够让人预见不久后的晦暗时代。"

在6世纪的上埃及地区的巴维特（Bawit）的壁画中，恶魔第一次以人类的形象出现。20世纪初，考古学家让·克莱达（Jean Clédat）推测，这座发掘于沙漠的礼拜堂的壁画上的天使其实是恶魔（《巴维特的修道院与地下墓室》，1904年）。尽管这一观点被朱尔·勒鲁瓦（Jules Leroy）撰文批驳，但如果我们将这幅壁画视为最早的以恶魔为主题的艺术表现的话，那么科普特艺术②便与拜占庭艺术③一样并未刻意对恶魔形象进行歪曲。实际上，这幅画中的恶魔丝毫没有后世恶魔的邪恶相貌，它仅仅有着埃塞俄比亚人一般黝黑的肌肤，嘴角流露出一丝讥嘲的笑

---

① 地下墓室，多指古代基督徒在罗马近郊的地下公墓，受迫害时被当作礼拜堂使用。墓室中的壁画与石棺在艺术史上具有重要意义。

② 科普特艺术，3至12世纪兴盛于埃及的早期基督教艺术，在古埃及传统的基础上受希腊艺术以及波斯等东方文化的影响，以精美的壁画、雕刻和染织品而著称。

③ 拜占庭艺术，6世纪起以拜占庭帝国为中心而发展起来的中东基督教艺术，在教堂建筑、镶嵌画、圣像画方面创造出大量精美作品。

巴维特（上埃及）的壁画，6 世纪
（第一次被描绘为人形的恶魔）

意罢了。

在东方教会与拜占庭的细密画中，堕落的大天使身上还残留着昔日辉煌的痕迹，身后散发着黑色的光芒。在赖谢瑙派[1]的《福音书》的评注性插画（10世纪）中，也有堕天使手持权杖的场景。即使已经堕落，但曾是天使的恶魔也没有完全丧失神性的光辉。被当时的艺术家们奉为灵感源泉的沙漠教父们——圣帕科米乌（St. Pachomius）、圣安东尼（St. Anthony）、柱头修士西门[2]（Simeon Stylites）所看见的不是面目丑陋、令人恐怖的恶魔，而是以美女、天使及美少年形象出现的优雅的恶魔幻影。有时恶魔甚至胆大妄为地变成基督的模样。因此，艺术家的画笔忠实地呈现了教父们的记述，不曾创作过令人恐惧的恶魔形象。他们认为没有特意丑化恶魔的必要。

公元1000年来临之际，情势却陡然发生了变化。毋庸赘言，这一年即基督教千年王国论所说的世界毁灭之年，世人将其称为"公元1000年的恐怖"。人人在颤抖中等待世界末日的降临。以这一年为界限，恶魔一改往日文弱优雅的堕天使形象，以恐怖丑恶的新面目登上舞台。

安德烈·布勒东（André Breton）在《魔法艺术》

---

① 赖谢瑙派，10至11世纪德意志南部的赖谢瑙修道院的彩绘《圣经》抄本流派。
② 柱头修士西门，5世纪叙利亚地区的基督教苦行僧，因在柱子上度过37年纯粹默观的苦行生活而闻名，被科普特正教、东正教和天主教同时尊为圣人。

（1957年）中写道："在公元1000年的恐怖氛围下人人自危。在经历这段混乱时期之后，基督教社会的重要组织决定暂且不再抵制衍生自封建世界的恶魔宇宙。"总而言之，美术史上的罗曼艺术时代就此拉开帷幕。

在这段时期，勃艮第地区的圣莱热修道院的修士拉乌尔·格拉贝（Raoul Glaber）写下了充满恐怖小说风格的恶魔见闻录。这本书用象征性的语言描述了公元1000年的恐怖，是了解当时人们精神状况的珍贵资料。

> 我躺在床铺上，看见床腿边有一个小人儿模样的怪物。我仔细观察了那家伙的容貌，脖颈细长，脸庞瘦削，一对漆黑无神的眼睛，窄额头上布满皱纹，塌鼻大嘴，嘴唇肿胀，又尖又短的下巴上有一撮山羊胡，耳朵紧绷着翘了起来，头发蓬乱而干硬，尖齿如犬牙，后脑勺凸出，胸部和后背高高隆起。它穿着一身脏兮兮的衣裳，仿佛发狂般手舞足蹈着。（《编年史》）

根据格拉贝的记述，恶魔对这位修士说："你不准再留在这里。"魂飞魄散的格拉贝立马跳下床榻，一溜烟跑到祈祷室，跪在祭坛前祈祷良久。对在公元1000年来临之际唯有坐以待毙的格拉贝而言，没有比撒旦更加恐怖的存在。

罗兰·维尔纳夫（Roland Villeneuve）在《艺术中的恶魔》（1957年）中表示，恫吓僧侣的恶魔幻象是千年王国信仰最显著的表现之一。《彼得前书》有言"务要谨守，警醒。因为你们的仇敌魔鬼，如同吼叫的狮子，遍地游行，寻找可吞吃的人。你们要用坚固的信心抵挡它"。恶魔幻象正是这段经文所反映的思想的必然归结。换言之，民众越来越恐惧恶魔，在面临其威胁的情况下，求生的欲望越来越强烈，最终他们仿佛真的看见恶魔浮现于眼前。禁欲僧侣的被害妄想式幻觉便属此种情况。虽然格拉贝本人并不进行禁欲修行，但想必也被这种恐惧心理所俘获。在那个绝望与奇迹、地狱的恐怖与救赎的希望交织的时代，中世纪人们的生活状况滋长了占支配性地位的疯狂。饥荒、黑死病、瘟疫、战争等一系列社会性灾难是对这个时代之疯狂的绝妙注解。亨利·福西永（Henri Focillon）的《公元1000年》（1952年）按时间顺序对当时频繁出现的暗示世界末日到来的不祥征兆与异变进行了细致的描述，人们的恐惧心理在频仍的灾难中达到了顶峰。福西永精准地指出："史前时代的人类一直潜身于最古老的精神地层，他们会不时随着时代的痉挛而狂暴地现身。"

当时的人们对摩尼教式思想避之唯恐不及，然而，或许中世纪人的内心深处都潜藏着试图用二元论解释世界的无意识欲望。他们在内心深处坚信着善的军队与恶的军队会在不可见的王国展开殊死对决。他们对《启示录》所记

载的内容确信不疑，"等到那一千年完了"，恶魔的军团
必从监牢里被释放。

　　在遭维京海盗和撒拉森人劫掠之后，穆瓦萨克、苏亚
克、弗泽莱等地的雕刻艺术开始萌芽，令观者莫不惊悸的
罗曼式艺术之毒花正含苞待放。圣瑟韦的《启示录》抄本
中的细密画（拉丁语抄本第8878号第145页）中有一头
相貌奇异的恶魔，其胸前有用血写下的名字。埃米尔·马
勒指出了《贝亚图斯启示录》抄本与罗曼式雕刻的相似之
处，圣瑟韦修道院的柱头也有一头相同的恶魔，它头发如
烈火般倒竖，张口吐出舌头，露出绝望的神情。卢浮宫的
策展人热尔曼·巴赞（Germain Bazin）将圣瑟韦的恶魔
与日本奈良时代的四天王像进行比较，称前者是后者的胞
弟（《恶魔的形态》）。

　　这个时代的矮小恶魔的脚踵上通常都长有纤小的翅
膀，譬如欧坦大教堂的立柱（雕刻《巫师西门的坠亡》）、
苏亚克的教堂半月楣［雕刻《泰奥菲尔的奇迹》[①]（ _Le Miracle de Théophile_ ）］、博略教堂入口处的浮雕（《基督受诱惑》），乃至后世在班贝格和兰斯出现的恶魔形象均是如此。它们与其说是翅膀，毋宁说更近似于无意义的凸

[①] 《泰奥菲尔的奇迹》，该主题最早出自法国中世纪诗人吕特伯夫所作的同名宗教剧，1260年左右在巴黎首演。该剧讲述泰奥菲尔为了谋求现世的成功而与恶魔缔结契约，后来在圣母玛利亚的庇护下获得拯救的故事。

起物。这种纤小的恶魔之翼在伊特鲁里亚人的瓶绘中已经出现过。另外，罗曼式艺术中恶魔倒竖的头发不仅与日本的四天王像相仿，还与中国唐代的雕像以及高棉艺术[①]中的恶鬼如出一辙。

只有到哥特式精神秩序建立起来之后，鄙陋、卑贱、丑恶、长着纤小翅膀的恶魔才终于坐上统治世界的黑暗之王的王位。罗曼式艺术的恐怖感源于修道院的孤独生活，因此这种艺术带有神经质与病理学色彩；哥特式艺术的恐怖感则源于在已确立的信仰中发现了恶魔的普遍存在。魔王撒旦仿佛变成了如闪米特族崇拜的摩洛或者印度的千臂恶鬼般的存在，他睁开那巨大的眼睛，毫不留情地践踏着罪人们，抓起那些难获救赎的灵魂，狼吞虎咽地吃掉。这种恶魔概念的演变不久后将在乔托（Giotto di Bondone，位于帕多瓦的斯克罗威尼礼拜堂）、奥尔卡尼亚（Andrea Orcagna，新圣母大殿）、卢卡·西尼奥雷利（Luca Signorelli，奥尔维耶托大教堂）辉煌的壁画艺术中体现出来。

灵魂中恶魔的领土每扩张一分，石头上恶魔的领土便相应扩张一分。亚眠的"美神"与"圣费尔明"、博韦的基督像、兰斯的天使像被荣光笼罩，装饰着各个教堂的正面。然而，只需要向教堂昏暗深处的柱头投去一瞥，便会

---

① 高棉艺术，公元9世纪至15世纪在高棉帝国境内发展的印度教与佛教艺术，以石造寺院和巨型石雕而闻名。

立即被恐惧所压倒，仿佛身临令人战栗的另一个次元。即使信仰再坚定的灵魂也无法直视这一恐怖的对象。欧塞尔大教堂的唱诗班席位周围环绕着咧嘴露出嘲笑的表情、向祭坛吐舌的恶魔形象。这种现象应该做何解释呢？因为教会意识到有必要创造恶的意象，使人对罪与罚感到恐惧。在古登堡发明活字印刷术以前，表达方式匮乏的教会只好使出这种苦肉计。然而，这种阴郁如地狱草纸、沸腾如爱欲幻影的想象力是不知餍足的。到格吕内瓦尔德（Matthias Grünewald）、博斯（Hieronymus Bosch）的时代，成群结队发出胜利叫喊的恶魔已经在开辟道路了。

　　巴黎圣母院的恶魔歪着一张大嘴，干瘪的乳房无力地垂下，而兰斯的恶魔（位于兰斯大教堂北塔的胸墙）眼窝深陷，肋骨根根分明，仿佛处在痛苦之中。世间还有什么能比它们更加丑陋、更加怪异呢？前者类似于圣殿骑士团的守护神、雌雄同体的巴弗灭①（Baphomet）；后者近似于古代异教世界淫靡放纵的萨梯②（Satyr），表现出明显的野兽特征。特鲁瓦的圣乌尔班大教堂中的恶魔有一颗公羊头，沙特尔的恶魔有一颗长着驴耳朵的狗头，迪南的圣马

---

① 巴弗灭，亦称"安息日的山羊"，是长着黑山羊头的恶魔。其形象出自埃利法斯·列维的《高等魔法的教义与祭仪》，额头刻有五角星，两角间有一根火把，胸前有一对乳房，身后是一对黑色翅膀，腹部立着赫耳墨斯的蛇杖。
② 萨梯，古希腊神话中半人半羊的森林之神，是酒神狄俄尼索斯的随从，以淫荡、狂饮、懒惰而闻名。

洛教堂中的恶魔变成了托起圣水盂的蝙蝠，绍维尼的圣彼得教堂中（罗曼式）的恶魔变成了叼走孩童的食人怪鸟。在人类的精神日益臻于协调完美的 13 世纪，如此野蛮的畜生道是如何大行其道的呢……

恶魔完全丧失作为天使的属性、沦为半人半兽的杂交生物（hybrid）的时期终于到来了。这是人类的想象力与神学联手之后的必然结果。天使的柔软羽毛蜕化为爬虫类的鳞片，透明的羽翼变成布满棘刺的软骨。在新圣母大殿的壁画中，冥府的众恶魔背后长出蝙蝠似的翅膀，看着基督的脸不觉瑟瑟发抖［安德烈亚·迪·博纳尤托（Andrea di Bonaiuto）作《基督下降冥府》］。这一主题出自伪经《尼哥底母福音》，它先是在拜占庭帝国流传，13 世纪以后传入西欧。从这层意义上讲，恶魔的东方起源说天然就内含于杂交生物的主题之中。

长着蝙蝠翅膀的恶魔肇始于中国周代的青铜器装饰及李龙眠[①]的画作，在乔托、博斯及其他奇怪画家的作品中出场。远东神话与西欧艺术之间的交流在 14 世纪蒙古人入侵以后愈发密切。

尽管如此，我们不妨来看看卡洛·克里韦利（Carlo Crivelli）笔下的恶魔（15 世纪，伦敦，英国国家美术馆）。这不就是一只长了张阴险邪恶的人脸的爬虫类生物

① 　李公麟（1049—1106），北宋画家，字伯时，号龙眠居士，代表作品有《五马图》《临韦偃牧放图》等。

卡洛·克里韦利，《圣米迦勒与恶魔》（局部），
15 世纪，伦敦，英国国家美术馆
（令人联想到爬虫类的怪异姿势）

吗？恶魔扮演着反衬圣米迦勒的角色，它仰面朝天，被圣米迦勒踩在脚下，被内心郁积的愤怒不断折磨着。它那锐利的钩爪无法撕裂大天使的绑腿布，其痉挛着的手脚上的肌肉组织，不禁让人想到鸟类或者蜥蜴的表皮，从而营造出难以言喻的怪异感。阿维尼翁画派被后人称作圣塞巴斯蒂安的无名画家也留下了一幅构图几乎相同的作品，画中恶魔更近似鸟类，下身长满茂密的羽毛。与《萨夫拉的圣米迦勒》（15世纪，普拉多美术馆）一画中保持恶龙形象的恶魔相比，两者实在相去悬殊。

待到格吕内瓦尔德（《圣安东尼的诱惑》，安特林登博物馆）活跃的时代，原先的蝙蝠与爬虫类的单一样式被更加复杂的、具有幻想风格的怪物所取代。尤尔吉斯·巴尔特鲁塞蒂斯（Jurgis Baltrusaitis）分析了从埃及至印度范围内以"诱惑"为主题的艺术作品，他说"《伊森海姆祭坛画》（1516年）中的恶魔基本上是属于森林的生物。众恶魔的毛发如朽叶般干裂翘起，头顶生长着坚硬的植物"（《幻想的中世纪》）。

或许格吕内瓦尔德的"森林博物志"才是15世纪恶魔艺术的极致。后世法兰西和德意志的众多画家纷纷加入画这类奇特恶魔之列。埃及的科普特地区是诸东方宗教的交汇处，因此，发祥于此地的"圣安东尼的传说"自然融合了所有东方神话学要素。但是对欧洲的画家而言，这个传说只是用来释放被压抑的恶魔幻想的借口罢了。想象力的决堤一发不可收拾。尤其是在北方的康拉德·维茨（Konrad Witz）、巴黎的居伊·马尔尚（Guy Marchant，《女人们的死亡之舞》，木版画）的作品中，恶魔开始迅速人类化，它们怀有一种卑劣的解剖学式的探究欲望，而且终将沦于颓废主义的范畴。此后，恶魔的形象大多如16世纪的恶魔学家约翰·维耶尔所见的那样——披着黑衣的魁梧男子。最终，我们进入文艺复兴时期，那将是一个人类复兴、恶魔走向死亡的时代。

面对宗教改革、《圣经》的文本批评、圣像破坏运动、巫术信仰、农民暴动的相继发生，教会深刻意识到必须采取行动。如若再不加以干预，画家们将会无休止地沉溺于异端邪说的逆行宇宙的想象之中，教会将有被肆意横行的恶魔葬送之虞。特利腾大公会议（1563年）颁布的信纲规定："教会内部禁止摆设任何圣像画，以免将人引向错误的教义。"以这一年为界限，恶魔的宗教美术宣告终结。自此以后，恶魔不得不在阿钦博尔多（Giuseppe Arcimboldo）式的象征、充满寓意的"美德与罪恶的斗争"主题，以及古典神话中寻找栖身之所。这也意味着巴洛克时代的黎明将至。

冥府与启示录

大多数古代宗教与恶魔族群一道，被流放到世界的边境。值得注意的是，在世界边境与人类世界之间有一条极为明确的界线。希腊人的地狱位于苍茫大海的彼岸，罗马人的地狱位于意大利半岛的库迈附近的阿佛那斯湖湖底，湖中源源不断地喷出硫黄。埃及人、亚述人和以色列人都具有符合各自民族性的地狱概念。共通的地狱信仰在古代闪米特族生活的世界广泛传播，地狱是恶魔、怪物与假先知经受永恒惩罚的场所，以《以诺书》为代表的众多《旧约》伪经与启示录文学使得这一信仰在犹太教传统中扎根。

　　不过，在基督教传统中，地狱的概念要更加复杂精巧，这是因为作为圣子的基督揭示了双重的否定性：基督不单单要把人类从尘世的生命中解放出来，更要以一己之肉身的陨灭换取恶魔王国的灭亡。恶魔因为将荣耀之王基

督钉在十字架上而受罚。这种处罚也有为"赎罪"而设的
意味，如果恶魔从一开始就表示臣服，基督则无法为人类
赎罪。据《希伯来书》所载，基督之所以成为血肉之躯，
是因为他"特要借着死，败坏那掌死权的，就是魔鬼，并
要释放那些一生因怕死而为奴仆的人"。

　　基督教从恶魔与死亡的同一化出发，发展出独特的信
仰教条。为了拯救落入地狱的义人，基督在死后下降到冥
府——这一重要的教义命题并不见诸正典，而是出自被
视为伪经的《尼哥底母福音》，在尼西亚公会议后被确立
为正统教义。从严格意义上讲，冥府（limbus）并不是地
狱，而是在《旧约》时代，即基督降世前死去的义人和未
受洗礼辄夭折的婴儿所在的地方。于是，基督教将地狱分
成两部分，从而解决了救世主出现前后之历史间的矛盾，
同时消解了地狱概念所包含的精练悖论。

　　"基督下降冥府"的主题填补了基督从下葬至复活之
间的三日空白，这类被称为"复活"（anastasis）主题的
作品最早出现于5世纪的拜占庭艺术中，其后亦在福基斯
的圣路加教堂、希俄斯新修道院与达夫尼修道院（均建于
11世纪）、托尔切洛岛的圣母升天圣殿（12世纪）的装饰
中有所体现。在金碧辉煌的马赛克镶嵌画中，基督那张圣
光闪耀的脸浮现在金色的背景中，他单手举起泛着蓝色的
希腊十字架，将地狱之门打破，救出了亚当与夏娃。基督
对地狱众多的看守者视而不见，主的身边围绕着《旧约》

中被救赎的族长们。可唯有一人裸露着丑陋的身体，匍匐在主的脚边，好似被囚禁的蛮族人——他就是撒旦。

早期拜占庭艺术的肖像学对遥远的"最后的审判"主题的构想仅仅停留在"下降冥府的基督的胜利"与"被轻易击溃的恶魔的败北"，这些意象已然称得上恐怖。但是随着时代的流转，恶魔与地狱的图景不得不发生改变，《启示录》所预言的必将上演，被流放到地上王国的恶魔必须成为更加邪恶的意象。贫穷、鼠疫与恶魔附身等成为绝妙的现实基础，催逼着民众的想象力不断滋生出新的恐怖意象。

以希俄斯新修道院（11世纪中叶）的马赛克镶嵌画为代表的拜占庭式冥府概念被西欧画家纷纷效仿，但不久之后，他们就使之变成真正的"地狱"。楠图耶圣物容器上的珐琅装饰、芒斯教堂的玻璃彩绘（12世纪）中的"下降冥府"主题显然都承袭了达夫尼修道院和托尔切洛岛圣母升天圣殿的样式，而利摩日的圣马夏尔修道院的细密画（12世纪）描绘了亚当与夏娃从恶魔利维坦的血盆大口中逃出的场景，这一主题起源于《旧约·约伯记》，救世主用鱼钩钓住怪物的下颚，用绳索穿过它冒着热气的鼻孔，将其摒弃于海底的地狱之门，从而拯救出义人。

卢瓦-谢尔省的圣雅克德盖雷修道院也采用了几乎相同的主题，但它的构图让人联想到先知何西阿（Hosea）的预言。在鲁昂大教堂南门的半月楣上，地狱中成群的蛤蟆扑向基督，撒旦变成了一只形似狮子的长毛怪兽。在韦斯格尔河畔阿涅尔地区的圣萨尔特教堂，撒旦的形象则变成地狱三头犬刻耳柏洛斯。各种各样的古代怪物意象仿佛出自维吉尔和但丁的妙笔，丰富了基督教艺术的地狱主题，使得拜占庭式的朴素图样变得越发复杂。深受拜占庭风格影响的蒂宾根-萨克森派细密画（13世纪，斯图加特州立图书馆）与西班牙新圣母大殿中来自佛罗伦萨的安德烈亚·迪·博纳尤托所作的壁画更加接近《圣经》的传统。前者是对《约伯记》的忠实反映，所有义人都以裸体示人；后者的基督在圣光中浮现身影，与前者一样举起象征着复活、绘有十字架的旗帜。壁画右侧岩窟中的众恶魔面露不安，正窃窃私语，这与基督的朴质之美形成鲜明的对照。众恶魔似乎在对被主踩在脚底的恶魔之王倾吐不忿。"哦！地狱之王别西卜，你曾把那荣耀的王钉在十字架上，而今却陷于疯狂。耶稣的神圣光辉驱逐了死的阴影，我们曾经令其痛苦呻吟者如今却对我等加以羞辱。我们的王国业已毁灭。"（《尼哥底母福音》第十三章）

时殊世异，利维坦张开巨口呈现出的地狱经西欧艺术家之手变得越来越怪诞，其中最极端的例子就是14世纪初的盎格鲁-诺曼语《启示录》抄本（现藏于图卢兹）。"死亡"骑着骏马前行，它身后是张开大嘴、紧追不舍的利维坦，这幅画是对《启示录》第六章的经文"我就观看，见有一匹灰色马；骑在马上的，名字叫作死，冥府也

《基督下降冥府》，蒂宾根-萨克森派细密画，
13 世纪，斯图加特州立图书馆

安德烈亚·迪·博纳尤托，《基督下降冥府》，
14 世纪，新圣母大殿的壁画

随着他"的图像化。

　　另一部早期的盎格鲁–诺曼语《启示录》抄本（13 世纪初）中的一幅插画被巴尔特鲁塞蒂斯称为"双头戈耳工"，两只怪物伸出头颅，两个下颌合而为一，两张嘴合成一张巨口，奇怪的鸟兽和恶鬼在其中骚动吵嚷。这座地狱犹如巨大的阴道，又如一只令人作呕的软体动物。巴尔特鲁塞蒂斯发现，在塔罗斯出土的公元前 4 世纪的埃及圣甲虫石雕是双头戈耳工的古老起源。

盎格鲁–诺曼语《启示录》，14 世纪初，图卢兹

（左）古埃及的圣甲虫雕像
（右）盎格鲁–诺曼语《启示录》抄本中的"双头戈耳工"，13 世纪初

　　我们在格列柯（El Greco）的《菲利普二世的梦》
（1580 年，埃斯科里亚尔修道院）中能够听到《约伯记》
奇妙的怪鱼主题的近代回响。画面右下角有一头利维坦，
它血口大张、獠牙外露，从鼻孔中喷出炽烈的气息，正在
吞噬挣扎着的成群罪人。至此，冥府已经演变为真正的
"地狱"……

　　如前所述，"冥府"主题起源于拜占庭世界，经由博
韦的樊尚（Vincent de Beauvais）的《大宝鉴》、雅各布
斯·德·佛拉金（Jacobus de Voragine）的《黄金传说》
（均成书于 13 世纪）而在西欧世界传播，但"启示录"主
题反而是西欧世界的产物，它尚需漫长的时日才会在拜占
庭及俄罗斯艺术中结出丰硕的果实。《启示录》由于受到

格列柯，《菲利普二世的梦》，
16 世纪，埃斯科里亚尔修道院

拉丁教会精力充沛的护教士圣哲罗姆（Saint Jerome）的高度称赞，很早就在西欧世界成为《新约》的主要书目之一，但东方世界长期将《启示录》视为伪经，因此，它在东方艺术中的光大比西方晚了一千年。

早在5世纪的罗马，城外圣保禄大殿拱顶上马赛克镶嵌画的构图对"启示录"主题就已有体现。以基督的脸为中心，四种具有象征意义的生物被置于四周。在拉韦纳与萨洛尼卡的马赛克镶嵌画中，以及以阿尔昆（Alcuin）与秃头查理（Charles the Bald）时代的《圣经》抄本为代表的加洛林王朝抄本的细密画中，施洗者约翰的故事被频繁地采用。其后的罗曼式雕刻艺术将对"启示录"主题进行更宏大的表现，但在此之前，吉川逸治致力于研究和介绍的圣瑟韦的《贝亚图斯启示录》，在这部11世纪的抄本中，细密画及大量仿作亦是不可忽视的存在。从圣萨万、圣吉尔的壁画到穆瓦萨克、博略的巨大半月楣浮雕，起源于罗马的马赛克镶嵌画的启示录式幻想构图走向了极致。

然而，诞生自启示录式幻想的恶魔，在"冥府"构图向"最后的审判"构图的转变过程中扮演了过渡性角色；而当罗曼式雕刻艺术试图向哥特式"审判"构图升华之际，恶魔只是作为启示录元素被添入这幅"礼赞上帝"的神圣图式之中的点缀。

这一时期最具代表性的作品是昂热大教堂中极尽豪奢的天启挂毯。14世纪中叶，安茹公爵路易一世委托让·邦多尔（Jean Bondol）绘制挂毯的草稿，之后由巴黎的尼古拉·巴塔伊（Nicolas Bataille）工坊编织而成。拔摩岛的约翰①挥洒奔放的想象力，在鲜艳的红蓝底色上编织出九十余幅画，路易·吉莱（Louis Gillet）评价其为"充斥着谜和恐怖的血与碧玉之画"。

　　前有博略教堂正面入口处（1140年以前）的怪异浮雕，后有丢勒（Albrecht Dürer）以惊人的才华在木版画上创造出的那条变幻自如的"七头巨龙"，《启示录》中"骑着灰色马的死亡"、利维坦巨口中被焚的罪人、毁灭的城市、地狱大火、地震等无数令人战栗的图景，被艺术家用一种妖冶而绵密的手法表现出来。这是一场翻天覆地的异变，或许，唯有这个时刻变形的恶魔才是中世纪朴素的超现实主义最完美的体现。随着天使吹响号角，被流放了千年之久的恶魔从世界的各个角落聚集于此，接过由上帝之怒所酿制的葡萄酒，在辗转挣扎中饱尝了苦闷的滋味。

　　可堪与昂热大教堂的天启挂毯中的妖异诗情相匹敌的艺术品，或许唯有圣贝尔坦修道院的祭司菲利普·库洛于1448年委托制作的《花之书》（Liber Floridus，尚蒂伊，孔代美术馆）中的细密画。《花之书》由圣奥梅尔的僧侣朗贝尔（Lambert）在1120年编纂而成，这部百科全书恰好投时代风潮所好，衍生出了大量的仿作。其中包括十五幅精美的细密画，描绘的是《启示录》前十六章的内容。

---

① 即《启示录》的作者，或与十二使徒中的约翰为同一人。

我们尚不知晓这些插画出自何人之手，但是让·隆尼翁（Jean Longnon）断言，作者必定是扬·凡·爱克（Jan van Eyck）一派的巨匠。

随着天使的号角声响彻四方，地轴倾斜，海波翻涌，血雨暴降，草木焚尽，鱼类灭绝，燃烧的星辰陨落，天地笼罩在晦暝之中。无底的深坑将会开启，弥漫的烟雾中飞出无数头戴金冠的怪物，它们长有蝙蝠的翅膀、马的身体以及人类的脸。圣瑟韦的《贝亚图斯启示录》（第一百四十八幅插画）中的怪物长着狮子的头，但《花之书》与天启挂毯中的怪物都长着一张人脸。那骑着巨马而来的是地狱之王亚巴顿（Abaddon），它的脸和身体是猿猴，手脚的末端变成了蛇头……

15世纪末出现的印刷术满足了新兴市民阶级的绘画作品收藏癖，托这项便捷的技术之福，版画家们很自然地将描绘的题材转向卑俗的日常生活。当然，恶魔曾经在托尔切洛岛的马赛克镶嵌画中，以及阿西西的圣方济各教堂出自契马布埃（Cimabue）手笔的壁画中扮演的特殊角色依然没有改变。《死亡的艺术》[①]（Ars Moriendi）与《贫者的圣经》中的木版画成为新市民阶级的共有财产，这些支流可谓对使徒约翰的故事的补充，沿袭了古老的罗曼式

①　《死亡的艺术》，15世纪流传于西欧社会的小册子，产生于14世纪黑死病横行的背景下，教谕基督徒应该如何迎接死亡，并且描写了天使与魔鬼围在临终者榻前争抢即将脱离肉体的灵魂的情节。

《花之书》中的细密画，15 世纪，尚蒂伊，孔代美术馆（吹响号角的天使；头戴冠冕、长着人脸的怪物；猿猴模样的地狱之王亚巴顿）

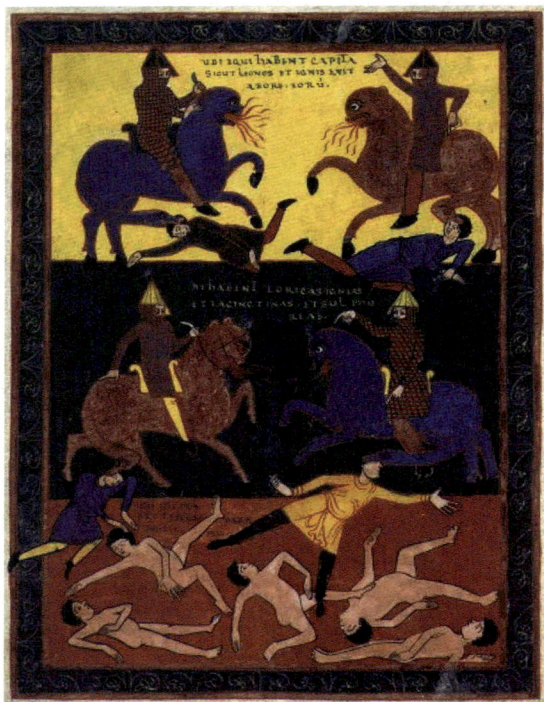

圣瑟韦的《贝亚图斯启示录》，
11 世纪，巴黎国立图书馆（长着狮子头的怪物）

艺术的传统。15世纪的版画艺术是对贝亚图斯的抄本与《花之书》一脉的启示录式传统的继承。根据约翰·赫伊津哈（Johan Huizinga）所言，"没有一个时代能像15世纪这般，令死亡的思想如此深刻地镌刻在每个人心中。木版画为所有阶级所悦纳，它以一种震撼人心的生动笔法单纯且直接地描绘了死亡的理想"（《中世纪的秋天》）。

1498年，丢勒出版了著名的《启示录》木版画组画，总共十五幅，他的作品以自罗曼式艺术以来的"启示录"构图为宗，却又成为其完美典范，在文艺复兴时期

丢勒，《启示录》中的怪兽，
木版画，15世纪末

被后人争相效仿。与此相比，卢卡斯·克拉纳赫（Lucas Cranach）、小霍尔拜因（Hans Holbein the Younger）都只是在传统的基础上稍加润色而已。

我们从某种意义上可以说，从 15 世纪至文艺复兴时期的德意志北部地区的绘画艺术仿佛被《启示录》中的怪物意象附身了。我们无须巴尔特鲁塞蒂斯的指教亦能察觉，这些杂交怪物原本就是希腊主义的想象力与早期基督教中的东方元素相结合的产物。根据罗兰·维尔纳夫的观点，15 世纪末的占星术士推测出敌基督者将于 1524 年降临世界，怪物在当时的频繁出现与此事关联颇深。与南方式的启示录意象相比，北方人特有的神秘主义想象与受到占星学煽动的宗教性不安，赋予了这些奇异的怪物形象以新的属性。譬如，法国最早的铜版画画家、被狄德罗称为"独角兽巨匠"的让·迪韦（Jean Duvet）所作的《启示录图解》（里昂，1561 年），周身覆满厚重鳞片的"七头巨龙"在光之天使的制约下痛苦挣扎。在这幅画中，迪韦让晚期哥特艺术木版画的线描技法与铜版画独有的浓淡感相得益彰。我们从中也能看到勃艮第的文艺复兴运动中新神秘主义的影子。

12 世纪初的理性主义者圣贝尔纳德说："这些美丽与丑恶并存的怪物究竟有何意义？多头怪物与一头两身的怪物对教会又能起到什么作用？"这番言论猛烈地抨击了启示录题材的罗曼式装饰流于粗鄙，但哥特艺术日后的发展趋势表明，怪物意象反而不断在民众中渗透，人们逐渐对其怪奇免疫。14世纪至16世纪的彩色插画画家会凭个人喜好，为约翰·曼德维尔（John Mandeville）的《惊异之书》、普雷托里亚斯（Praetorius）令人不可思议的游记、安布鲁瓦兹·帕尔（Ambroise Paré）的《怪物之书》添加充满奇思妙想的插画。早自14世纪后半叶起，贝里公爵、勃艮第公爵等崇尚人文主义的大贵族就成了艺术家们的后

让·迪韦，《启示录图解》中的
怪兽，铜版画，16世纪

盾，这进一步推动了怪奇插画的流行。于是，在北方文艺复兴的所有装饰艺术中，我们都能看见那些异样的怪物肆无忌惮却又天真无邪的身影，这一点且留待日后再叙。

最后的审判

对中世纪的艺术家而言，圣约翰的《启示录》是难以穷尽的意象宝库。启示录式幻想从朴素的怪物逐渐演变为复杂多义的"审判"构图，这也意味着恶魔艺术的样式经历了从罗曼式艺术时期至文艺复兴时期的变迁。画家们依据个人喜好演绎圣约翰的幻想，逐渐拓宽了自身的艺术表现领域。

"审判"的概念在基督教诞生之前就已存在，但是神将在世界末日对全人类进行裁决，即"最后的审判"是基督教独创的概念。在古埃及的《亡灵书》中，审判将在每个人死后单独开展，惩罚亦是当场施行。印度的《摩奴法典》同样强调人将在生命之旅结束后接受裁决，而基督教则认为生命尽头的忏悔是左右死后状态的决定性因素。

这便是基督教传统对东方特有的轮回思想严加拒斥的证据。与此类似，净化有罪灵魂的炼狱是一个纯粹的

《亡灵书》，埃及第十八王朝

基督教观念，在东方思想中没有一席之地。只不过，这座位于天国与地狱之间的炼狱并不见于《圣经》，而是一种相对新颖的构想。随着来自原始希伯来思想的"地狱"（Gehenna）概念与曾经鲜明的地狱恶魔形象逐渐变得无趣，"炼狱"之类的中间性概念才得以渗入神学逻辑的缝隙中。

不过，这种中间性概念在中世纪并不普遍，中世纪人认为，必须在地狱的劫难与永恒的救赎之间做出选择，审判席是任何人也无法逃脱的命运。

科斯马斯（Cosmas）所著的百科全书《基督教世界风土志》抄本现收藏于梵蒂冈的宗座宫，书中的细密画（7世纪）展示了最古老的"最后的审判"构图。不过，就图像学意义而言，"最后的审判"构图在西欧最早出现于德意志南部的奥伯采尔、布鲁格费尔登等地的壁画中。然而，自圣约翰与约伯的故事起，无数的启示录文学、伪经以及极富道德教训意味的《马太福音》都对"最后的审判"进行过描述，这一象征性图示的变体是如此众多，以至于我们难以确定它的典据出处。

穆瓦萨克、阿尔勒和西班牙的圣地亚哥-德孔波斯特拉等地均出现了以"启示录"为主题的罗曼式大型浮雕，博略教堂的正面装饰（12世纪初）更是承继前代艺术风格的杰作，但是它所描绘的并不是真正的地狱。博略教堂的立柱下方描绘的是《启示录》中蛇、龙、熊、喷火兽等怪兽折磨恶人的场景，上方是几乎占据整张构图的基督，彰显出自加洛林王朝以来的古朴威严气派。但在后来的圣但尼（尖肋拱顶上排列着稚拙的恶魔）、科贝伊、拉昂等地的教堂正面装饰中，恶魔的领土已经大大扩张。不过，若论最优秀的地狱题材的罗曼式雕刻作品，则非以下两者莫属：以其怪异的独特性脱颖而出的孔克的圣富瓦修道院（12世纪中叶）与欧坦的圣拉撒路大教堂（12世纪中叶）的半月楣浮雕。

孔克的圣富瓦修道院是连接法国与西班牙两国圣地的巡礼教堂之一，修道院正面的《最后的审判》凭借高超的雕刻技艺与巧妙的结构成为中世纪图像学的代表作。这幅作品堪称日耳曼尼亚式"最后的审判"构图的极致，镌刻着文字的门楣流露出拜占庭象牙浮雕般的质感。在浮雕的右下方，我们能看到从地狱之门伸出脑袋的怪鱼利维坦的侧脸，但怪鱼的肚腹被抽象化为横切的圆片，在画面中央落座的是形似猩猩的魔王。自不待言，这条怪鱼背后掺入了《约伯记》的主题。

欧坦的浮雕中被抻长的棍形人类，不禁令人想起布鲁格费尔登的壁画，这种极端的异形身体增强了非现实的效果，对恐怖感进行了抽象化。右侧是曾经出现在古代吠陀宗教和《亡灵书》的莎草纸上的"称量灵魂"的图示，大天使米迦勒与恶魔在巨大天平的两侧角力。众恶魔的脸因痛苦而扭曲，古代异教的怪诞图案与墨西哥艺术中的面具不是如出一辙吗？

　　"称量灵魂"是指将死者的灵魂放在天平的托盘上称重，依此决定它将去往天国或地狱。这项审判在古埃及是由胡狼神阿努比斯负责；而在基督教中，则是由灵魂的向导大天使米迦勒担任此职。

　　东方艺术自古以来就对天平的宗教意义有所表现，18世纪的波斯文献《阿尔达·维拉夫记》（巴黎国立图书馆）描述了随天平一同出现的质朴恶魔形象，这一主题一直延续到了现代。罗曼式艺术在西欧兴起之后，"天平"主题首先出现于种类繁多的抄本和加泰罗尼亚地区比克县的祭坛画（13世纪，巴塞罗那现代艺术博物馆）中，继而在圣内克泰尔的圣母院、克莱蒙费朗的圣母院，及绍维尼的圣皮埃尔教堂的柱头装饰中以充满寓意的形象出现，最终，"天平"与基督教的"审判"构图相结合，才诞生出诸如阿尔勒的圣特罗菲姆教堂与欧坦的圣拉撒路大教堂半月楣浮雕之类的巨作。

　　奥尔卡尼亚的蛋彩画《皇帝海因里希二世的灵魂之争》（1357年，新圣母大殿）是"天平"主题的变体，持剑的大天使向挥舞天平的恶魔扑去。天使的攻击性姿态在意大利艺术中并不罕见，譬如，在卢卡的圣米凯莱教堂的祭坛装饰、阿纳卡普里教堂的圣具室的木雕像（18世纪）以及前文引述过的阿维尼翁画派笔下的米迦勒形象中均有体现。

　　然而，在罗希尔·范德魏登（Rogier van der

Weyden）的审判画与被称为"石竹画家"的佚名作者的
灵魂称量画（藏于苏黎世美术馆）中，圣米迦勒的形象充
满了北方艺术特有的冷彻透明的美感，这是所有拉丁系画
家都望尘莫及的。这位弗拉芒画派的无名作者之所以被称
作"石竹画家"，是因为他笔下的天使脚边有两朵凋零的
石竹花。他把炽热缭乱的拉丁式情绪升华为无比澄明的状
态，赋予天使以一种不露声色的古典面容。整幅画的背景
由日常生活中的树木与建筑构成，构图被纵向分为两部
分，分别描绘了天国与人间，画面前方是因负罪而颤抖的
裸体男女和三头长着蜻蜓翅膀般的矮小恶魔。被放在天平
托盘上的女人不久将被拣选，升入天国，加入那些在云端
合掌以待的善人之列……

埃米尔·马勒指出，中世纪的"审判"概念中包含的
严酷末世论思想造就了艺术领域的悲剧主题，而13世纪开
始流行的圣迹剧将其变为笑剧主题。确实，仅就对恶魔的
表现而言，中世纪中期至晚期的雕刻家们模仿欧坦和孔克
的浮雕，又在构图中加入了"死者复活"的主题，但是他
们对于恐怖与不安感的戏剧化表现仍然没有超越罗曼式艺
术的理想形态。

巴黎圣母院与普瓦捷大教堂也好，布尔日大教堂与费
拉拉大教堂也罢，其雕刻作品都呈现出一种对恐怖的免疫
之感，地狱的氛围逐渐平庸化。在班贝格和美因茨依然如
此，被恶魔的铁索束缚的王公贵族、教士与市民们屡屡发

出执拗而轻率的自嘲，这或可称之为颓废的表征。

　　但当我们把注意力从雕刻艺术转向壁画之时，将再次展望到新的未来。尤其是意大利的乔托（帕多瓦的斯克罗威尼礼拜堂西面的墙壁）与安杰利科（Fra Angelico，佛罗伦萨的圣马可修道院）的审判画，其充满幻想风格的纵深感令人印象深刻，这在雕刻艺术中是无论如何也没有的。罗曼式雕刻中基督的身体被一种"巴丹杏形状的圆光"所包围，但是这一基督形象在壁画领域——除了安

安杰利科，《最后的审判》中的地狱，
15 世纪，佛罗伦萨的圣马可修道院

杰利科和卡瓦利尼（Pietro Cavallini，特拉斯提弗列区的圣塞西利亚教堂）等少数例外——让位给了一种更加澄明的形象：腰间被彩虹环绕的基督。飘浮在空中的彩虹玉座是15世纪宗教绘画中约定俗成的附属物。

当我们看到安杰利科画中的地狱景象时，最先注意到的，想必是这幅画作如解剖学横截面般被细致分割的构图，犹如一头巨大生物被切割开来的子宫。怪鱼利维坦在画面的最上方张开血盆大口；与此相对，魔王在最下方好似亚述的巴力神一般索要祭品，两手抓起罪人贪婪地啃食，鲜血顺着其下颌流淌不止。在塔代奥·迪·巴尔托洛（Taddeo di Bartolo）描画的地狱（1391年，圣吉米尼亚诺的圣母升天协同教堂）中，利维坦反而处于画面最下方，上方魔王的庞大身躯几乎占据了整幅画。在这两幅画中，摆满酒食的宴席正虚位以待，但是贪食的罪人们被捆住了双手，只能经受饥饿的煎熬。画中象征焦热地狱的油锅在布尔日大教堂的半月楣上已经有过先例。

教会认为有必要使民众感到恐惧，因此，罪、地狱与赎罪的三位一体训谕成为当时创作审判画的画家们的主要题材。托尔切洛岛的圣母升天圣殿（12世纪）与佛罗伦萨的圣约翰洗礼堂的圆形天顶上是洋溢着浓郁东方色彩的马赛克式审判画，塔代奥的壁画也明显受到拜占庭风格的影响，整幅画被分割为对称的七个部分，它们分别对应着七宗罪，并且有相应的文字标注。

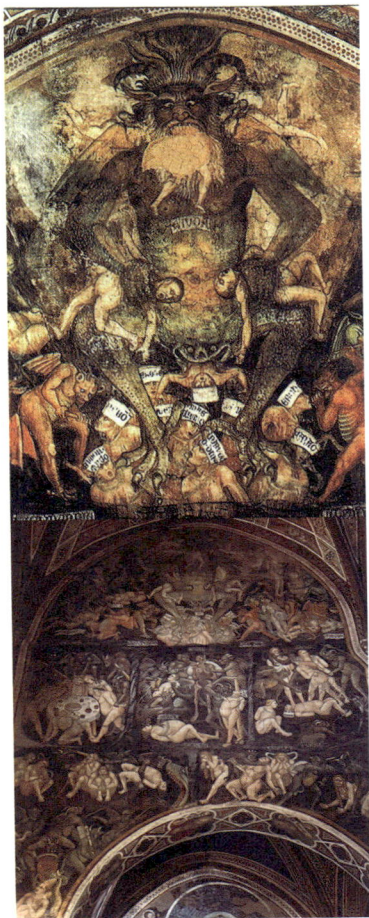

塔代奥·迪·巴尔托洛，《最后的
审判》中的地狱，14世纪，圣吉米
尼亚诺的圣母升天协同教堂

除了佛罗伦萨与帕多瓦，比萨的坎波桑托纳骨堂的《死亡的胜利》（14世纪中叶）同样是一幅旨在表现地狱恐怖和道德教谕的壁画，然而，塔代奥的作品中洋溢着的邪恶趣味和野蛮活力更胜一筹，这是因为人文主义对圣吉米尼亚诺产生影响的时间要比帕多瓦和比萨晚。不久之后，纳尔多·迪·乔内（Nardo di Cione）的壁画（新圣母大殿、斯特罗齐宫）以及乔瓦尼·迪·保罗（Giovanni di Paolo）等人的画作（锡耶纳国立美术馆）陆续面世，他们笔下的地狱完全是对《神曲》中地狱景象的临摹，这是为那些阅读但丁的城市居民创造的更加文学化的地狱意象。

等奥尔维耶托大教堂的审判画（卢卡·西尼奥雷利，1499年）大放异彩时，基督的身影已经从壁画中消失，画家们怀着一种解剖学式的追求，专注于表现复活的众死者的肉体。至于地狱的部分，则与米开朗琪罗的壁画《最

卢卡·西尼奥雷利，《最后的审判》（局部），15 世纪末，奥尔维耶托大教堂的壁画

后的审判》（西斯廷教堂）相仿，恶魔夸示着充满男性力量的肌肉，让那些堕落的罪女骑在背上，好像在讨她们的欢心。"死者复活"堪称爱好肉体之美的意大利画家的绝妙借口。

与此相较，北欧画家以哥特精神见长，在罗希尔·范德魏登的大型祭坛画（博讷主宫医院，15世纪中叶）中，"最后的审判"构图呈现为三联画的形式。依循哥特式雕刻的传统，画中描绘了光辉闪耀的救世主、称量灵魂的圣米迦勒、从大地的裂缝中匍匐而出的复活的裸体男女，但是魔王并没有现身，只是用火焰暗示地狱的恐怖而已。无畏的约翰（Jean sans Peur，特雷德教会参议会室）与汉斯·梅姆灵（Hans Memling，格但斯克圣母升天大殿）笔下"最后的审判"的古典构图，在扬·普罗沃斯特（Jan Provoost，杜埃美术馆）、皮耶罗·里萨尔托（Piero Risalto，第戎美术馆）、斯特凡·洛赫纳（Stefan Lochner，科隆，瓦尔拉夫·里夏茨博物馆）等人的笔下则多了写实意味。15世纪的佛兰德画家别具一格的精致幻想自此融入"审判"主题的画作中。

尤为奇妙的是，曾经担当主角的大天使在此销声匿迹，没有了裁决者的裸体群众仿佛受到磁石吸引般自行朝天国或者地狱的方向出发。圣洛伦茨教堂的祭坛画（斯特凡·洛赫纳）宛如一幕歌剧的舞台，左侧是辉煌的天国宫殿，右侧是漆黑的地狱城塞。画面前景描绘了形形色色特

斯特凡·洛赫纳，《最后的审判》(局部)，
15 世纪，科隆，瓦尔拉夫·里夏茨博物馆

征鲜明的裸体者：被天使和恶魔拽向两边的人、紧抓着漏了的钱袋的仰面摔倒之人、被恶魔扛在肩上却仍然握着骰子盅不放的人，等等。

然而值得注意的是，这幅画的背景不禁令人想起博斯。形象怪异的恶魔与天使在空中交战，这些长着蝙蝠翅膀、以昆虫甲壳为铠甲的杂交生物点缀着深邃的空间。画面前景中恶魔的腹部和肩膀上各有一张脸，我将在后文谈论这种"反三位一体"的象征。

最后，我想以那位不世出的天才收尾，他在各种绘画技法中糅合了晚期哥特艺术的破坏性要素，他在某种无意义的无秩序中摧毁了这座巨大的恶魔"逆宇宙"，也就是地狱的秩序。他就是耶罗尼米斯·博斯。他在幻想性的泛恶魔主义世界中描画出无一人可获救赎的"最后的审判"图景，在这一领域创造了他人无法企及的奇迹。无论是《七宗罪》（普拉多美术馆）的细节，还是《最后的审判》三联画（维也纳美术学院）的中幅，甚至是那些绚烂多彩的未完成习作（慕尼黑，老绘画陈列馆），无一不是在向我们确认一个"没有善人"的奇妙世界的存在。

博斯是异端画家的说法流传甚广，无论此说成立与否，我们在他的作品中确实随处可见恶的原理战胜了神的原理。基督置身于这场邪恶与淫秽的混沌旋涡之外，谁也不知道他因何而现身，仿佛与人类世界毫无关联。曾经在所有审判画中必会出现的天国的荣耀入口也已消失，某种

耶罗尼米斯·博斯，《最后的审判》(局部)，
1482 年，慕尼黑，老绘画陈列馆

普遍性的恶意促使奇怪的生物和疯狂的人类充斥整个空间。若将目光从这片拥挤喧嚣得几无立锥之地的地狱转向天国，会发现那里是如此闲散静谧，以至于让人感到一丝害怕。

于是，一般认为，博斯无意在画作中表现"救赎"，但是安德烈·布勒东认为，博斯那如梦似幻的爱欲——在后期作品《人间乐园》中尤为明显——是对人类进行物质化，对物质进行无差别的泛性化（universelle sexualité）的诺斯替魔法思想的实践。因此，"想必博斯深信，即使不借助理性的净化，只要能够在一幅作品中实现善与恶的完全开放与和解，他就可以使自己获得救赎"（《魔法艺术》）。如此说来，博斯的世界尽管是恶魔性的，却不曾描绘过任何残酷或者悲惨的行为。我们很容易就能意识到，这是一个充盈着不可思议、纯真无邪童话氛围的世界。

顺便一提，创作过这种具有浓烈的恶魔主义色彩的审判画的画家并非只有博斯一人。早于博斯的扬·凡·爱克在15世纪初创作了《最后的审判》（纽约，大都会艺术博物馆）。与博讷的祭坛画恰恰相反，这幅画采用了纵向构图，上方是被众天使围绕的基督，中间是从洞穴爬出的复活者，下方是"骸骨死神"张开巨大的黑色膜质双翼，试图盖住地底的地狱。这着实是构思缜密的三分构图法。罪人们头朝下堕入黑暗的地底，与在那里如爬虫类动物一般

扬·凡·爱克，《最后的审判》（局部），
15 世纪，纽约，大都会艺术博物馆

蠕动着的恶魔堆在一起，整幅画如同阿钦博尔多的寓意画般纷冗繁杂。

　　不过，扬·凡·爱克与博斯的显著区别在于，前者的作品保留了相当程度的哥特艺术的图像学传统，而且他把当时在佛兰德民间广为流传的"死亡之舞"的主题纳入画中，将其形象化为极具写实意味的骸骨。然而，中世纪晚期阴郁暗淡的现实主义终将摧毁传统的"最后的审判"图像学结构，正因如此，对16世纪以后奉博斯为先驱、视勃鲁盖尔为鼻祖的恶魔艺术而言，"最后的审判"主题已经再也无法引起艺术家的兴趣了。

地狱与刑罚

正如斯特凡·洛赫纳和范德魏登的祭坛画所示，"最后的审判"的主题使得中世纪晚期艺术对地狱的表现更加精细；尽管如此，"地狱"本身与基督教正统教义所规定的"审判"构图的图像学发展并无关联，毋宁说两者是平行发展的，"地狱"仍然维持着从古代承继至今的独立特征。

毋庸赘言，与一神教严酷的末日论密切相关的地狱和异教徒观念中的地狱是大相径庭的，后者没有原罪、赦免以及永世的惩罚，只是个单调的灰色彼岸世界罢了。破坏神内尔格勒①（Nergal）麾下聚集着众多狮首人身的恶魔，他统治的亚述-巴比伦尼亚的地狱是"没有归途的永恒之地""被七座城池守护的黑暗王国"，众死者的灵魂

① 内尔格勒，苏美尔神话中的瘟疫、饥馑与破坏之神，他娶冥后埃列什基伽勒为妻，因而亦是冥间的统治者。

将在这里看到善与恶"被混合在一起"［费利克斯·吉朗（Felix Guirand）］。波利格诺托斯在德尔斐神殿的壁画（前5世纪）也涉及奥德修斯游历冥府的主题，在塔尔奎尼亚的坟墓中发现的伊特鲁里亚人的壁画（前2世纪）也描绘了鸟首恶鬼啄食尸体的场景，这些希腊罗马式地狱图景的遥远起源在西欧世界广泛存在却与基督教毫无瓜葛。

　　然而，只有在将少数出自伪经或外典的基督教元素吸收融合之后，希腊罗马式的故事才开始在中世纪图像学中发挥决定性的作用。其一就是关于圣保罗的地狱之行的传说（4世纪），但丁显然从这个故事中汲取了灵感；其二就是发源于爱尔兰的凯尔特传说，主要以圣帕特里克（St. Patrick）、圣布伦丹（St. Brendan）和骑士欧文（Sir Ywain）的地狱游历为主题，极富幻想色彩，在12世纪后被译介到法国。

　　尽管但丁是第一个确立了地狱宇宙论之人，但是在此之前，流传甚广的"圣保罗的地狱之行"的传说中已经出现了"喷火的七口锅釜""绑着污秽的灵魂而转动不止的火轮"等地狱惩罚的意象。譬如，14世纪初的抄本《慰藉的果园》（巴黎国立图书馆法语抄本9220号）中有一幅插图，圣保罗与天使一同下降到冥府的深渊中，眺望那片惨绝人寰的异样光景：燃烧的树木、沸腾的大釜以及承受车裂之刑的罪人们。圣保罗的周围涌动着一大群头顶长有仙人掌般绿色犄角的恶魔。烹煮罪人的锅釜这一意象也出

乔托，《最后的审判》中的地狱，
1306 年，帕多瓦，斯克罗威尼礼拜堂

现于韦斯格尔河畔阿涅尔地区的圣萨尔特教堂的壁画（13世纪）、梅肯图书馆馆藏的《上帝之国》的插画、欧坦和布尔日的教堂半月楣，但是在基督教正典中却未见有相关记载。

这些出自外典的地狱游历故事与凯尔特诗人的想象力水乳交融，创造出圣布伦丹那充满奇思妙想的冒险故事，读来不禁令人想起《荷马史诗》。尤其是关于背叛了基督的犹大的奇妙叙述。犹大从星期一至星期六，每天都要经受车裂酷刑的折磨，浑身涂满松脂被烤成黑炭，被炮烙焚烧，被丢进结冰的池子，或者被迫喝下熔化的铅水。有赖于神的慈悲，犹大在经历过地狱的所有刑罚之后，终于获准在星期日那天在海边休养。

在整个中世纪，民众对犹大的憎恶一直鼓励着艺术家们在绘画和雕刻艺术中积极表现"犹大自杀"（见《马太福音》）的场景，而圣布伦丹传说却罕见地对犹大抱有一种不可思议的同情。无论如何，埃德蒙·法拉尔（Edmond Faral）宣称，这一传说"为法国诗人打开北方怪异世界的大门"（《中世纪文学》）。

确实，对诸如托马斯·阿奎那之类深信地狱的象征意义的精神导师而言，备受压抑的中世纪艺术家的想象力一定会受到那魔法般的北方凯尔特意象的强烈影响。自中世纪晚期（15世纪）起，教会僧侣稍稍放宽了对艺术家创作自由的压制。当时，黑死病和战争让"死亡"那高贵的黑影覆盖这片大地的每一个角落。换言之，死亡成了尘世的理想，艺术家试图借助颇受民众欢迎的圣人传说中的地狱图景来书写死亡的理想。据埃米尔·马勒说，圣人传说在 1470 年左右受到了艺术的祝圣（《中世纪晚期的宗教艺术》）。

话虽如此，上述这些仅限于民间艺术，而贵族和知识分子很早以前就创造出了更加洗练的地狱艺术。自 13 世纪初以来，西班牙的贝亚图斯抄本（尤其是巴黎国立图书馆收藏的拉丁语抄本 2290 号）吹绽了启示录式幻想的毒花，促进了地狱画的传播。1416 年，林堡兄弟（Limbourg brothers）为贝里公爵而作的《豪华时祷书》也包含一幅地狱画（尚蒂伊，孔代美术馆）。

保罗·德·林堡所作的地狱画的旨趣显然从阴郁的凯尔特传说转向了拉丁趣味，这部稀世杰作完全避免了自但丁以降的地狱模式化的问题。高卢式的犬儒主义倾向甚至不惮将众恶魔的睾丸画得细致入微。犯下淫邪罪的教士们被地狱的狱卒捆缚住手脚，被剥得赤条条不着一丝，丢进深坑里。两头长着山羊般的长角、蝙蝠般的翅膀的恶魔在两旁踩踏着风箱。画中央是头戴王冠、体格庞大的魔王，它口中喷出火焰，将罪人们吹散，使其在空中翻飞。

描绘了这般禁忌光景的抄本恐怕仅仅是当时贵族的秘密收藏品，根本不为庶民百姓所知。然而，有一种地狱的刑罚——"对奸淫者的惩罚"——自 12 世纪初起就以造

林堡兄弟为贝里公爵而作的《豪华时祷书》中的地狱，
1416 年，尚蒂伊，孔代美术馆

型艺术的表现形式出现在易被民众看见的场所。在穆瓦萨克和沙尔略的教堂、图卢兹的圣塞尔南大教堂、波尔多的圣安德烈大教堂正门的石头上，还残存着罗曼式雕刻，它们仿佛是对当时宗教的残酷与爱欲的生动记载，留待我们后人阅读。

　　各地对"对奸淫者的惩罚"主题的表现基本相同：爬虫类动物野蛮地啃噬着淫荡女人的耻部。在穆瓦萨克的雕刻中，女人的两只乳房各被一条大蛇撕咬，阴部被一只癞蛤蟆咬住。左侧的恶魔好像正在唆使爬虫类动物对她施加刑罚。而在沙尔略，试图把蛇攮走的女人的身体痛苦地向后仰着。

　　虽然这一主题在绘画领域相对少见，但是塔旺的地下纳骨堂的壁画（12 世纪末）是不得不提的名作。按照福西永的解读，披头散发的女人用长枪同时刺穿自己淫荡的乳房与缠绕其上的蛇，"身躯在倒下之前经历濒死一刻的痉挛"。教士们把女人视为恶魔的同伙，他们屡遭压抑的施虐狂心理原始朴素，时而又会演绎出无比阴惨的现实，这在中世纪朗格多克的修道院艺术中尤为明显。这不啻为精神分析学的绝佳材料。

　　15 世纪末以恶魔题材见长的两大画家 —— 博斯与格吕内瓦尔德也经常描绘对爬虫类动物进行拷问的场景。博斯的三联画《干草车》的右幅中有一个裸男被拴在牛尾巴上当街拖曳的场景，《七宗罪》的地狱部分中也有一个裸

博斯，《七宗罪》（局部），裸体女人，
16 世纪初，普拉多美术馆

女坐在地上，旁边标注着"傲慢"的字样，两人的性器上
都紧紧俯卧着一只黑色的蛤蟆。

格吕内瓦尔德的《死去的恋人》（1470 年，斯特拉斯
堡美术馆）堪称这类题材的巅峰之作，此画散发的无可比
拟的诡异气质令观者莫不惊悸。各种爬虫类动物缠绕在一
对衰老丑陋的男女身上，它们甚至穿破皮肤，钻入其体
内。骨瘦如柴的身体上满是孔洞，被腐臭味招引的苍蝇和
蜻蜓聚集起来。一只硕大的蛤蟆像不祥的无花果叶子一样
紧紧贴在女人的耻部。这幅作品似乎恰好立于一条危险的
界线上，若再向前则恐将使美术超越自身的界限。格吕内

瓦尔德可谓后世的巴尔德斯·莱亚尔（Valdés Leal）、戈雅（Goya）、索拉纳（José Gutiérrez Solana）等人的恐怖艺术的鼻祖。

在地狱的各种刑罚中，"对奸淫者的惩罚"在艺术作品中出现的时间最早，但是正如《最后的审判》一章所叙，意大利画家在但丁的诗篇的直接或间接的影响下，开始在"审判"构图中描绘其他种类的刑罚。不过，也有一些作品像比萨的坎波桑托纳骨堂的大壁画（1350年）一样保留了阿尔卑斯山以北的凯尔特−拉丁式幻想故事的大量要素，所以我们很难断言14世纪晚期的意大利绘画（Trecento）究竟受到了怎样的国际影响。

当时的教会僧侣对圣保罗和圣布伦丹的故事的偏爱显然要远甚于维吉尔和但丁的诗歌，当波提切利（Botticelli）为《神曲·地狱篇》绘制铜版画之时，法国的画家们还沉浸于希腊和爱尔兰的传说。然而，随着新思想的传播，民众的信仰出现动摇的危机。为了更加直白地宣扬彼岸世界的恐怖，教会甚至承认了许多出处不明的传说和出自伪经的地狱故事。

拉撒路的地狱见闻记就是这样一个从古老的基督教早期历史中重新发掘出来的奇妙传说。这一传说讲述了死去的拉撒路因奇迹而复活之后来到西门家吃饭，前者应基督的请求描述在地狱的所见所闻。尽管圣奥古斯丁的传道文和彼得鲁斯·科梅斯托（Petrus Comestor）的《圣经故

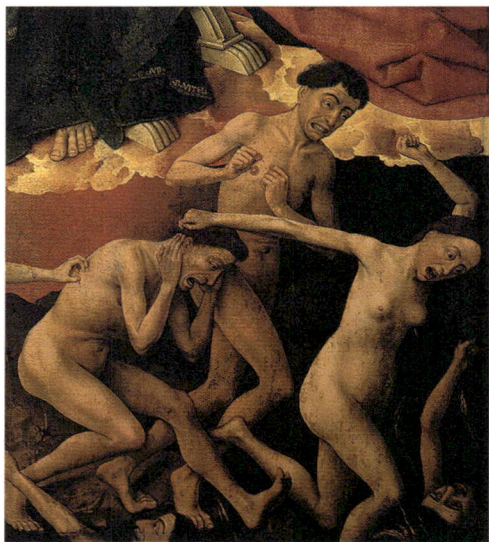

罗希尔·范德魏登，《最后的审判》(局部)，
15 世纪中叶，博讷主宫医院

事》（12 世纪）都引用了该传说，但它仍不过是一个内容
陈旧的残酷故事罢了。

　　饶有趣味的是，尼古拉·勒鲁热（Nicolas Le Rouge）
在特鲁瓦出版的木版画集《牧羊人日历》（15 世纪）为
这一传说配上了插画。同类作品还有安托万·韦拉
尔（Antoine Verard）的《生与死的良策》（1492）和居

尼古拉·勒鲁热，
《牧羊人日历》，
15 世纪

穆瓦萨克的木版画，19 世纪，巴黎国立图书馆

伊·马尔尚的《牧羊人的历法》（1491），后者在中世纪的欧洲尤为流行，屡次被临摹复刻，埃米尔·马勒指出，阿尔比大教堂的壁画《最后的审判》也受其影响。

当时民众想象中的地狱情景在这些木版画中完好地保存了下来。居伊·马尔尚和安托万·韦拉尔的技艺经常遭到不合理的轻视，但他们解剖学研究一般的画作的确完美地表现了人类的痛苦与痉挛。从某种意义上说，七宗罪的刑罚要比但丁的地狱图景更加细腻、洗练。犯"愤怒"罪者被铁链束缚在一张肉铺砧板似的台子上，被长枪和菜刀切得细碎。试看《牧羊人日历》中的插画，犯"吝啬"罪者被扔进沸腾的油锅，穿在一把三叉钉耙上。再看蒙贝利亚尔的木版画（19世纪，巴黎国立图书馆），犯"暴食"

"对暴食者的惩罚"

罪者被瘆人的恶魔拥入怀中，被迫吞下活生生的癞蛤蟆。犯"色欲"罪者堕入燃烧着硫黄的深井……

哥特式教堂的恶魔大多长着一张好色的脸，但在这些木版画中，恶魔个个面无表情，如同沉默地履行职务的行刑吏。它们仿佛是萨德侯爵小说中的人物，感觉不到任何喜悦和恐惧。不止于木版画，在《上帝之国》抄本（比利时皇家图书馆第9006号）的一张插画中，一头恶魔吹奏风笛以鼓舞同伴们的恶行；加尔都西会的德尼（Denis the Carthusian）的《四大终事论》插图抄本亦然，一只猴子砍断

"对男色者及通奸者的惩罚"

塔代奥·迪·巴尔托洛的《最后的审判》(局部)，14世纪，圣吉米尼亚诺的圣母升天协同教堂

了罪人的四肢，任凭鲜血滴流在刑场地面。

　　堪与这种毫无自觉的施虐症匹敌的，也许只有吉美国立亚洲艺术博物馆珍藏的缅甸古抄本中的地狱画（生摘罪人的内脏），或者梵蒂冈宗座图书馆收藏的墨西哥彩绘抄本中的阿兹特克人献祭活人图（16世纪初）。

　　中世纪晚期的艺术家普遍相信地狱与恶魔无处不在。虽然许多壁画和雕刻遭到了毁坏，但是符合时代需求的细密画和木版画在民众中广泛流传，无论多么愚昧的庶民都认为恶魔性宇宙的存在是无可撼动的事实。《黄金传说》、

各式各样面向平民的日历，以及作为道德教化文学的《福音书》，通过布道和木版印刷这两种方式将鲜活的地狱思想在大众中推广开来。赫伊津哈认为，15世纪是"女巫妄想——令人惊怵的中世纪思想的赘肉——完成体系化"的时代。

博斯与凡·爱克两大巨匠从截然不同的角度描绘了这个时代长出的"赘肉"。此外，还有一人也不得不提——迪尔克·鲍茨（Dieric Bouts）。他凭借高超的写实主义技巧和范德魏登风格，在《地狱》（1470年，卢浮宫博物馆）中让永恒的苦难得以形象化。

博讷的祭坛画中不见恶魔的身影，只见象征着恐怖地狱的火焰闪烁不定，但相较之下，鲍茨的地狱被一种更加残酷、更加具体、更具几何学性质的构成法则所支配。有罪的男男女女僵直的裸体苍白而孱弱，仿佛在泛着磷光。红色的爬虫类动物有剧毒，让人误以为是蝙蝠的杂种恶魔挥舞着纤细骇人的四肢，在那青绿色的背景中，罪人们从巍峨的岩山上坠向黑暗的湖中。直冲霄汉的蔷薇色火焰，在岩石的阴影下轮转的车裂刑具，飞在空中的古代怪鸟……

巴尔特鲁塞蒂斯主张，在这幅画的远景中，右侧岩山所在空间被线条所分割，其上能看到一张人脸（《幻想的中世纪》）。的确如此，这么一想，确实能够清楚地识别出额头、鼻子、嘴和下巴的轮廓。那张令人不安的"石之

迪尔克·鲍茨，《地狱》，15 世纪，卢浮宫博物馆（背景
中可以看见人脸形状的岩山）

脸"的眼睛仿佛一直在注视着罪人从山顶坠入湖中。中世纪图像学的神秘性经常体现在对自然和器物的表现上，从西欧至远东，我们能够发现无数此类现象的相似变体。岩石变成人类，人类变成动物，甚至由动物变成器具，这类现象在熟悉博斯和勃鲁盖尔作品的人眼中想必已是司空见惯。

另外，鲍茨的地狱也像洛赫纳的地狱一样描绘了腹部长有人脸的恶魔形象。马勒对此的解释是睿智（头脑）转向了侍奉卑贱食欲的场所（肚腹），这是"表现堕天使已经沦为野兽的巧妙方法"（《13世纪的宗教艺术》）。这种形象还出现于13世纪初的抄本《圣路易诗篇》和三一学院《启示录》抄本中的细密画中。在雕刻方面，沙特尔大教堂南门的拱顶、布尔日大教堂西正门的《最后的审判》亦是如此。到中世纪晚期，还将出现肩膀和臀部长有人脸的恶魔。

恶魔学研究者皮埃尔·德·兰克雷（Pierre de Lancre）认为，恶魔"屁股上有根大尾巴，尾巴下面还有张脸，但是这张脸不会说话"（《堕落天使及恶魔的变形画》，1612年）。16世纪宗教改革时期的人文主义者菲利普·梅兰希通（Philipp Melanchthon）为了讽刺罗马教皇创造出一头荒诞不经的"教皇驴"（papstesel）。按照梅兰希通的描述，这头浑身覆盖着鳞片的驴长了一对女人的乳房，它在1495年从台伯河爬上了岸。

菲利普·梅兰希通，"教皇驴"，
16 世纪

　　有两张面孔的不仅仅是恶魔。在韦尔农教堂的圣水盘下方有一尊天使雕刻（15世纪），天使面若稚童，双手捧起自己的肚子，上面是一张又大又圆的人脸。这不禁令人想起毕加索的陶器。可这么一来，恶魔与天使的界限变得愈发模糊复杂了，令世俗的目光难以辨别。

反
三位一体

但丁的《神曲·地狱篇》第三十四章写道：魔王路西法胸部以上的部位露在冰层外面，鼓动着三双翅膀，六只眼睛在哭泣，混合了泪与血的涎水沿着三张嘴的嘴角流下。晚年的波提切利表现出强烈的神秘主义倾向，他用铅笔巧妙地描绘出魔王无尽的悲惨。维吉尔和但丁环绕在浑身覆满刚毛的巨大魔王的周围，犹如围绕太阳旋转的小行星般画出轨道。但丁的诗写道：

　　啊，当我看到他头上有三个面孔时，对我来说，这是多大的使人惊奇的事啊！一个面孔在前面，是红色的；

　　另外那两个和这个相连结，位于肩膀正中的上方，它们在生长冠毛的地方连结起来。

　　右边那个的颜色似乎在白与黄之间；左边那个

看起来就像来自尼罗河上游地方的人们的面孔；

　　每个面孔下面都伸出两只和这样的鸟相称的大翅膀：我从来没有见过海船的帆有这样大。[①]

　　正如但丁诗中所写，波提切利笔下魔王正中间的嘴咀嚼着背叛基督的加略人犹大，左右两张嘴里分别是刺杀恺撒的布鲁图斯和卡西乌斯。按照本韦努托·切利尼（Benvenuto Cellini）的说法，路西法的三颗头是象征着无力（黄色面孔）、无知（黑色面孔）与憎恶（红色面孔）的魔王的三位一体，与表示权力、知识与爱的圣三位一体相对应。据说这种被称为"反三位一体"（Contra Trinitas）的图像起源于《启示录》第十六章的经文："我又看见三个污秽的灵，好像青蛙，从龙口、兽口并假先知的口中出来。"波提切利的魔王像正是"反三位一体"的典型。

　　伊拉斯谟·弗兰奇希（Erasmus Francisci）的《地狱的普罗透斯》（纽伦堡，1695年）的扉页插画中出现了龙、兽与假先知的复合形象，这是"反三位一体"概念在文艺复兴时期演绎出的具有北方风格的魔法幻想。这一雌雄同体的形象是将精神性完全排除的纯粹动物性与至高生命力的象征。在插画左侧的远景中，有一个骑着山羊的巫

---

① 引文参见但丁，《神曲·地狱篇》，田德望译，北京：人民文学出版社，1990年，第283页。"连结"现多作"联结"，字词用法依从原译。

波提切利，《路西法》，但丁《神曲》中的插画，
1481 年，铅笔素描

伊拉斯谟·弗兰奇希，《地狱的普罗透斯》
的扉页插画，17 世纪

师准备去参加女巫安息日（Witches' Sabbath），右侧的幽冥鬼火中生出四大元素的精灵。大地的裂缝中露出罪人的脸。"反三位一体"的恶魔头戴火焰的王冠从《启示录》中记载的"烧着硫黄的火湖"里出现。按照魔法原理，撒旦是宇宙间磁力的起因，是创造万物之神的双眼看不见的火焰。

　　当然，象征意义如此复杂的构图是文艺复兴之后恶魔学迅速发展的产物，而中世纪的"反三位一体"尚显质朴。一般认为，"反三位一体"的构图诞生自《神曲》，但是在基督教传统以外的文明——伊特鲁里亚、印度以及中国也发现了大量类似的艺术表现形式。

　　融合了塞勒涅、阿耳忒弥斯和珀耳塞福涅的地狱三面女神"赫卡忒"雕像（里昂美术馆）或许是欧洲最古老的三位一体像。但因为这尊雕像来自希腊的异教传统，所以三位一体也不具备特别的神学意义。

　　婆罗门教的三相神[①]（Trimurti）概念亦是如此，埃洛拉石窟的罗波那像、巴兰班南（位于爪哇岛中部）和艾荷落的梵天像均有三张面孔。7、8世纪的印度教雕刻家创造了一种多头神像，他们把多个头部雕塑接在阳具石雕上以象征种的永远延续。象岛石窟的湿婆神像也是一尊三相神，左边是象征创造与破坏的男人的脸，右边是露出优雅

---

① 三相神，指三大神梵天、毗湿奴与湿婆复合为拥有三张脸的单一形体。每个神司掌宇宙生成的一个方面：梵天司创造，毗湿奴司守护，湿婆司毁灭。

微笑的女人的脸。诸如此类的多头神像（或多头怪物像）还常见于12世纪的柬埔寨、暹罗和西藏地区的艺术作品中，在8世纪的克什米尔的犍陀罗艺术中亦频繁出现。

因此，当我们用更普遍的眼光来审视波提切利的但丁式幻想时便会发现，他的作品也并非孤例。比萨的坎波桑托纳骨堂的"地狱"也好，安杰利科的《最后的审判》也罢，都出现过相似的三头恶魔形象，由此可见，这一形象在西欧世界亦曾广为流传。自不待言，这当然离不开但丁的影响。然而，三张嘴咀嚼罪人的路西法形象早在11世纪的意大利南部市镇福尔米斯的圣天使教堂（壁画《最后的审判》）以及13世纪位于埃唐普的圣巴西尔教堂（半月楣浮雕）就已出现。这或许源自佛教艺术的隐秘影响，它与希腊罗马神话中的冥府神祇和怪物的意象发生融合，从而衍生出这一系列路西法形象。

在完成于1226年左右的道德教化文学《圣经的规诫》插图本中，撒旦的三颗头上各戴一顶王冠，经常受到伪基督一般的待遇。格吕内瓦尔德的素描（柏林，素描和版画博物馆，1523年—1524年）亦然，三张露出瘆人表情的脸接在同一具身体上，共有的圆形圣光笼罩在三者的头顶。有人将这张谜一般的素描的内容解释为圣安妮①

---

① 圣安妮，圣母玛利亚的母亲。《新约》外典《雅各福音》记述了虔诚的圣安妮与圣约阿希姆老龄得女玛利亚，在其三岁时将她献给耶路撒冷圣殿。但中世纪晚期的欧洲流传起圣安妮三次结婚并且分别生下三个名为玛利亚的女婴。这种说法于1677年被天主教会完全否定。

（Saint Anne）的三任丈夫，还有研究者将其与13世纪前期的图像进行对比后断定，这幅素描表现的是新教信仰的反三位一体。

毋庸置疑的是，至少在西欧艺术的范围内，这种三头图像很大程度上源自古代的雅努斯与刻耳柏洛斯的形象（比如众多抄本与亚眠的雕像）。为了使三位一体的概念更加通俗易懂，拜占庭的许多圣像画中甚至出现了有三张脸的基督。文艺复兴后期提香的寓意画亦是如此。

然而，巴尔特鲁塞蒂斯试图用翔实的资料证明这种三头图像衍生自希腊罗马艺术中的宝石雕刻（《幻想的中世纪》）。

格吕内瓦尔德，《反三位一体》，
16世纪，柏林，素描和版画博物馆

在古代的宝石雕刻中，一只生物可能长有多个脑袋，脸直接连接在下肢上，上半身为野兽、下半身为鸟，或者动物的胸部和臀部佐以一张人脸……神奇的动物变形在宝石的图案中应有尽有。巴尔特鲁塞蒂斯借用老普林尼的《自然史》（第35卷第114章）中的古老名称，将这种具有多颗头颅或者头颅位置异常的生物命名为"格里尔"。这一词语在普林尼的原文中写作"Gryllos"，意思是"猪"。出生于埃及的讽刺画家安提菲洛斯（Antiphilus）最先用这个词语形容自己的画作。这个词最初一般是指对所表现形象进行了夸张的歪曲变形的绘画作品，后来也逐渐用于形容宝石雕刻的图案。人们相信刻有奇怪图案的宝石是一种具有魔力的护身符。

以下的若干实例便足以表明，古代异教性质的守护神格里尔曾在中世纪的基督教中零星地复活，比如在奥地利克恩顿州的古尔克的壁画（13世纪）中，三张脸拼接在一起，每个人的胡子都是其他人的头发。罗马时代的印章上也有类似的格里尔图案。苏黎世大教堂的祈祷席凸出部位的雕刻（14世纪前半叶）由三张或四张脸构成，而纳瓦拉国王特奥巴尔多一世（殁于1253年）采用古代凹雕宝石样式的印章上有着极其相似的格里尔图案。

兰茨贝格的赫拉德（Herrad of Landsberg）创作于12世纪末的细密画抄本《乐园》（*Hortus Deliciarum*）吸收了大量的拜占庭图像学与伊斯兰宇宙论的要素，她描绘了一

古代宝石雕刻中的格里尔

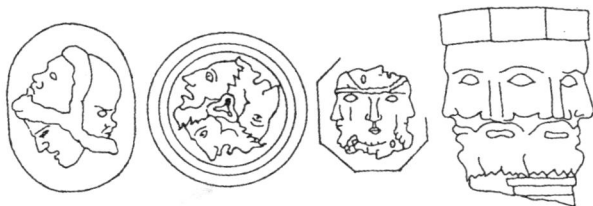

多头格里尔，从左起依次是：古罗马的印章、克恩顿州古尔克
的壁画（13世纪）、纳瓦拉国王特奥巴尔多一世用作印章的古
代凹雕宝石、苏黎世大教堂祈祷席的雕刻（14世纪）

"哲学之冠"，出自《乐园》，12世纪末

种被称为"哲学之冠"的炼金术式三位一体的格里尔，据说三张脸分别表示伦理学、逻辑学与自然哲学。

　　哥特式格里尔的集大成者依然是博斯。他尤其钟爱画一种头颅和下肢直接相连的格里尔——"脚人"。在维也纳的《最后的审判》三联画的中幅、威尼斯的《隐士的祭坛画》的左幅以及柏林和牛津零星的素描中，可以见到形如昆虫、飞鸟或物体的"脚人"，这些形状似乎都是格里尔在经历了整个中世纪种种明显的进化与退化之后的结果。

　　其中最富有谜题性、最具有中世纪悖论气息的，莫过于里斯本的《圣安东尼的诱惑》三联画的中幅正中央

博斯，《圣安东尼的诱惑》三联画中幅（局部），
16 世纪初，里斯本国立古代美术馆
（画面右侧能够看见与圣人进行对话的"脚人"）

的"脚人"。他戴着黑色头巾，右腿伸直，左腿盘曲，装模作样地坐在圣安东尼的对面。他穿着长靴，腿部的肌肉格外粗壮，渲染了一种诡异的现实主义色彩。圣人完全不敢正面直视他。或许让圣人胆战心惊的，并非画中无处不在的超现实的疯狂恶魔，而主要是"脚人"表现出的诡异的超现实主义气息。圣人与脚人之间仿佛在进行一场神学对话。从古代而来的格里尔逼迫圣人做出回答。所有幻象都是围绕着修道士与格里尔之间的无言对话而层层铺设衍生的。

有种说法是，"脚人"的脸是博斯的自画像［详参马塞尔·布里翁（Marcel Brion）］，但巴尔特鲁塞蒂斯认为，无论从姿势、解剖学构造，还是表情来看，博斯笔下的格里尔与里尔的法官拉乌尔·奥维利持有的仿古印章（1320年）上雕刻的恶魔酷似。

简而言之，"格里尔"这一古代主题在晚期哥特艺术中的复活尽管发生在森严的中世纪秩序内部，但这种异教幻影让那些已经窥见文艺复兴图景的艺术家的超前理念得以实现。从迥然相异的未知秩序中浮现出的异教幻

博斯的"脚人"

里尔的法官拉乌尔·奥维利的仿古印章，1320 年

影是理念上的逆光照明，中世纪晚期的异教主题自身的存在悖论就寄寓在这幻影之中，如同博斯的脚人与圣人的对话一般……

格里尔，这个源自普林尼的词语是如此富于象征性，其语感在中世纪也不免带几分异国情调。在修道士马卡里乌斯的《古代宝石论》（1614 年）中，格里尔主要用于指称人脸接在马的腿与臀部上的恶魔，在绘画领域，这个词似乎同样只在恶魔学范畴内使用。至少仅就"格里尔"主题而言，它很早就在文艺复兴时期的北方各流派中出现了，甚至可以说直接从中世纪而来。

不过，我们也无法轻易断言，西欧艺术中像"格里尔"这样的天然或人造的畸形怪物的图像学主题一概源自希腊罗马时代的宝石雕刻。在拜占庭的绘画、波斯萨珊王朝的织毯的影响下，就连包括塞维利亚的圣伊西多尔（St. Isidore of Seville）、赫拉班·毛鲁斯（Rabanus Maurus）、欧坦的洪诺留（Honorius of Autun），乃至圣奥古斯丁在内的大学者们的宗教信仰也蒙上了一层阴影。换言之，他们既是基督教的传道者，又对半人半羊神（faun）和梦淫男妖（incubus）等妖怪的存在深信不疑。如若没有这些教父的影响，我们很难理解罗曼式艺术风格的雕刻家们为何会如此不遗余力地钻研荒诞形体的表现手法。不仅如此，13世纪以后流行的动物志和金石志等通俗科学著作，以及旅行家和诗人的作品也使得各位学者的假说朝空想化的方向被美化和传播。

从曼德维尔的《惊异之书》、马可·波罗的游记插图本（均成书于15世纪，巴黎国立图书馆）到文艺复兴时期的安布鲁瓦兹·帕尔的《怪物之书》，从幻想与中世纪独特的象征主义中诞生出无数本体不明的动物，譬如，犬头人（cynocephalus）是长着狗头的狒狒，半人驴（onocentaur）[①]是上半身为人、下半身为驴的动物，阿卢皮德长着恶魔的脸、海象的牙齿和狮鹫的脚，水栖动物布提隆是一种有着鳌虾钳和鳞片的鱼。

原来，在人类的神话思维中，将变化无常的大自然与天马行空的想象力结合，把人类身体上的畸形现象——比如侏儒和巨人——变形为恶魔的倾向始终存在。埃及神话中的塞特、阿努比斯和贝斯，希腊神话中数不胜数的杂交生物都是这么诞生的。当然，这些神祇与生物的诞生在神话意义上未必意味着纯粹邪恶力量的发现。只有到中世纪过半时，人们才完成了畸形生物与恶魔的同化，将它们打入古代人完全无法想象的、无比深刻的地狱世界。

被但丁抛入地狱的谷底以后，它们才真正变成了恶

---

① 半人驴，其形象、特征均与希腊神话中的半人马相近，但通常在中世纪动物寓言集的插画中，后者有四条腿，前者只有两条腿。

犬头人，出自约翰·曼德维尔的《惊异之书》，
15 世纪（据说孟加拉湾的安达曼群岛上生活着犬头人）

伪基督的诞生，15 世纪，德意志木版画

魔。但丁的"地狱"杂糅了古代世界与《圣经》的意识形
态概念。这种倾向滥觞于众多的动物志和稚拙的抄本，在

精细入微的《神曲》插画的推动下则愈发明显。《牧羊人日历》之类的民间艺术的加入，又将对被视为不洁的解剖学式细节的刻画带入了恶魔的领地。

始于古代宝石雕刻与钱币的图像学幻想，终于博斯和勃鲁盖尔的杂交生物、在天空中飞翔的鱼、走路的器物、只有头颅的两脚兽——恶魔学的发展路径远没有那么清晰，而是历经了种种迂曲复杂的变化。热爱均衡与秩序的希腊人只能创造出类似于戈耳工的怪物，倘若他们遇到中世纪晚期成群结队的梦魇之类的生物，想必会吓得魂飞魄散、落荒而逃。

在早期基督教艺术中，恶魔借用的动物形象仅限于狮子、鸡蛇①（basilisk）、蝮蛇（aspis）和龙四种。出于对称逻辑的考量，四种动物是分别对应四部《福音书》作者的恶魔象征。鸡蛇与蝮蛇象征死亡与罪，龙是撒旦，狮子是地狱之子、伪基督。被亚眠的"美神"（Le Beau Dieu）踩在脚下的就是这四种动物。

拜占庭艺术中的狮子时常表现出匍匐在地上（比如拉韦纳主教府博物馆的马赛克镶嵌画）或者攀爬祭坛的东方纹章风格的姿势（比如雅典的拜占庭和基督教博物馆收

---

① 鸡蛇，普林尼在《自然史》中描述的虚构生物，据说为一切蛇类的王，外形是蛇，头部呈王冠形状，带剧毒的目光能够杀死其他生物。中世纪时其形象演变为长着鸡冠的蛇或者八只脚的蜥蜴。原型或为埃及眼镜蛇。

藏的浮雕）。横卧在墓石上的战士脚边也常常趴着一头狮子。随着欧坦的洪诺留的学说对哥特艺术的影响日渐明显，狮子终于变成了伪基督。亚眠的雕刻就是一例。伪基督的拟人化远比狮子的拟人化更能激发中世纪晚期艺术家的创作欲望。

德意志的一幅木版画（1475年）描绘了伪基督经过剖腹产降临人世的场景。在他诞生的同时，从咽了气的母亲口中飞出的灵魂立刻被恐怖的恶魔一把攥住。来自阴冷北方的民间版画家经常以"伪基督""异端"和"巫术"作为作品的主题。尚显朴素的伪基督形象不久之后将在奥尔维耶托大教堂的壁画中达到高峰。画家卢卡·西尼奥雷利将伪基督变成了地狱壁画的中心主题。

龙
的
幻
想

早期基督教艺术借助狮子、鸡蛇、蝮蛇以及龙这四种动物形象来表现恶魔。其中，蛇自古以来就广泛地被认为是纯粹的恶的象征。蛇在《旧约》的夏娃故事中扮演诱惑者的角色，基督教世界以外的许多文明也把蛇作为"伪善"与"女人"的象征。据说恶魔钟情于蛇极其柔软的形体。在中世纪晚期的木版画和细密画所表现的地狱与"圣安东尼的诱惑"主题之中，在朗格多克修道院艺术所复兴的"对奸淫者的惩罚"的古老主题中，蛇的形象经常占据着和罪人、叛教者一样重要的位置。

　　但丁的地狱中群蛇聚集，它们的职责是捆住犯下盗窃罪之人的双手，撕咬其身体。

　　　他们的双手倒背着被蛇缠住；蛇把尾巴和头顺着他们的腰伸过去，在他们身子前面打成结子。

看哪！一条蛇向一个靠近我们这条堤岸的人猛
然一跳，就刺穿了他的脖子和肩膀相连接的地方。
（《神曲·地狱篇》：第二十四章）①

这种能够用视线杀人的蛇类亲族是名为鸡蛇的怪物。
传说有一种公鸡每七年下一次蛋，而如果由蟾蜍来孵化这
颗蛋就会生出鸡蛇。虽然鸡蛇在中世纪的动物志中频繁出
现，但其起源可以追溯到印度桑吉大佛塔（前1世纪）的
怪物雕刻、维鲁巴克沙神庙（约740年）北面墙壁上化作
怪异灵鸟的梵天像。但是除了圣瑟韦修道院的柱头以外，
鸡蛇在西欧的罗曼式艺术中并不常见。直到很久以后，它
才被卡尔帕乔画进《圣乔治屠龙》组画（威尼斯，斯拉夫
人的圣乔治会堂）中，但是此时的鸡蛇形象已经落入类型
化的窠臼，13世纪学者赋予它的凶残特征早已荡然无存。

自古以来龙也在恶魔艺术领域扮演了重要角色。不
过，一般认为龙的形态起源于中国及高棉艺术，但此处的
龙非但不是恶的象征，还被视作人类的守护神或者神秘魔
法的体现者。从这种意义上说，具有魔法的龙近似于向俄
狄浦斯王提出充满奥义之谜语的斯芬克斯，而在继承诺斯
替教派余绪的西欧炼金术思想中亦可发现同样神秘的龙的
谱系。拜蛇教派将衔住自己尾巴的乌洛波洛斯蛇作为异宇

①   引文参见但丁，《神曲·地狱篇》，田德望译，北京：人民文学出版
社，1990年，第184页。

宙的象征，按照这个原理，某种来自亚历山大里亚的中世纪自然哲学也将龙视为支配宇宙的四种力量之一的象征。

诚然，龙的形象起源于亚洲，它在中世纪晚期给基督教艺术带来了一次技术革新。但这并不意味着欧洲本土不存在自古代流传下来的龙的原型。譬如，塔尔奎尼亚的伊特鲁里亚壁画中就有一条龙长着迦勒底风格的巨大翅膀，这与龙在形态学上的神话原型极其相近。

在后世的罗曼式雕刻中，比如穆瓦萨克教堂的柱头，以及昂特赖格的圣米歇尔教会和阿列省的努伊教堂的正面门厅，与修道士泰奥菲尔一同出现的龙明显受到在6、7世纪迎来黄金时期的拜占庭帝国科普特染织纹样的影响。海因里希二世委托创作的《启示录》抄本（11世纪初，班贝格图书馆）与沙伊恩修道院所藏的抄本《晨祷书》（13世纪初，巴伐利亚州立图书馆）中长着鸟翼的"七头龙"也是极度类型化的东方风格的龙。随着时代的推移，与大多数

东方风格的龙为恶魔的前身，班贝格的《启示录》抄本，11世纪，班贝格图书馆

沙伊恩修道院的启示录《晨祷书》，13 世纪初，巴伐利
亚州立图书馆

中世纪的动物图像一样，龙的形象中包含的东方要素越来越丰富、复杂。有些哥特式龙也长着一个奇妙的肉冠。

巴尔特鲁塞蒂斯通过大量的分析考据证明，13世纪的恶魔脊背上的蝙蝠翅膀起源于中国及日本等地的远东艺术。在罗昂的时祷书、昂热大教堂的天启挂毯以及乔托留在阿西西圣方济各教堂上院的壁画（描绘了圣方济各在阿雷佐城驱魔的情景，成群的恶魔在空中飞翔）中，我们能够发现长有蝙蝠翅膀的典型恶魔形象，同样的进化历程也体现在被视为恶魔化身的怪物——龙——的身上。

总而言之，罗曼式艺术中无翼无足的蛇在哥特式艺术中变成了具有膜质翅膀的龙。无论是在圣米迦勒的枪下痛苦得满地打滚的爬虫类生物，还是富于启示录式幻想色彩的七头怪物，甚至是从让·皮塞勒（Jean Pucelle）至富凯的细密画中千差万别的龙，都是炫耀着自己膜质翅膀的亚洲风格的龙，但这种形象在13世纪之后便不复出现。

文艺复兴的曙光照临之际，龙在新的领域大放异彩，它的形象被用作战士武具装饰。龙、火蜥蜴（salamander）与蛇成为纹章上最常见的三种图案。意大利的一顶头盔上配有怪异的面甲，龙的膜质双翼如耳朵一般贴在两旁。某顶遮住战马头部的头盔上附有一个奇怪的肉冠形配饰。

在雅各布·贝利尼（Jacopo Bellini）的素描画（卢浮宫博物馆）中，骑士胯下骏马的头部被甲胄覆盖，前胸装

饰着巨大的膜质翅膀，肉冠犹如长长的马鬃一般一直延伸
至马尾处。骑士宛如驾驭着一条来自地狱的斑斓巨龙。恰
如雅各布·布尔克哈特（Jacob Burckhardt）所指出的那
样，当时的意大利将战争视为一种艺术。

雅各布·贝利尼，素描，19 世纪，卢浮宫博物馆

武具装饰，从左至右依次为：意大利的头盔（16 世纪）、阿拉贡国王
海梅一世的头盔（13 世纪）、马铠（15 世纪）

当列奥纳多·达·芬奇受蝙蝠的翅膀的启发设计出最早的飞行器时，想必他的心中无意识地浮现出了叛逆天使——否定中世纪秩序的直接契机——的幻象。路西法与伊卡洛斯皆因振翅飞翔而遭受惩罚。列奥纳多用画笔将恶魔幻象现实化，维尔纳·冯·乌斯林根[①]（Werner von Urslingen）战斗时穿的白银胸甲上刻有"神、怜悯与慈悲之敌"的铭文，艺术家与雇佣兵之间存在着某种精神上的等价物，这是生活在那个大变革时代的人们所共同拥有的。

龙与天使、龙与骑士之间的斗争故事在任何地域、任何时代的民间传说中都曾出现。希腊罗马世界有欧里庇得斯的悲剧，斯堪的纳维亚世界有被齐格弗里德杀死的怪物法夫纳的传说，以及米德加尔德巨蟒（生活在环绕着大地的圆形海洋中，能够掀起可怖的风暴）与雷神托尔斗争的神话。

这类故事的起源尚不明确，但从适用于神话与艺术的精神分析学的观点来看，这些故事显然表现了人类的自由与欲望战胜了对夜晚的不安以及性恐惧。英雄与半神即古代世界中克服不安感和性压抑之人的别名。

但是在基督教世界，与龙的斗争意味着与异教的斗

---

① 维尔纳·冯·乌斯林根，于 1342 年在神圣罗马帝国建立大佣兵团的贵族。

争。在这种情况下，异教变成了对当地的所有民俗性事物的统称。圣米迦勒与圣乔治应被称为俄狄浦斯王与珀尔修斯的后继者，他们不得不与通过《启示录》这一媒介被加冕为地狱之王的龙展开战斗。

我们首先来看圣米迦勒主题的构图。作为米迦勒之敌的怪兽的形态演变过程与中世纪恶魔的图像学发展历程几乎一致。拜占庭艺术中的无脚蛇这一传统形象在12世纪的意大利走向衰落，转而变成各种无比丑陋的恶鬼。我们可以在威尼斯画派的巨匠卡洛·克里韦利以圣米迦勒为主题的作品（15世纪，伦敦，英国国家美术馆）中找到这种极端的例子。画中的龙已经完全褪去了波斯萨珊王朝的风格，只是介于人类与爬虫类之间的某种奇异的杂交生物。

在以圣乔治为主题的作品中，原先圣徒与怪兽斗争的构图中加入了作为第三者而存在的女性。这种圣女、骑士与怪兽组成的构图实际上体现了珀尔修斯与安德洛墨达这样的古老神话所涉及的希腊主义三位一体。如若说圣米迦勒的胜利是基督教信仰战胜了野蛮与罪恶，那么珀尔修斯的胜利就是人类的爱战胜了死亡。由此说来，这一构图本身就包含着文艺复兴理念的萌芽。

从罗希尔·范德魏登（牛津）、费拉拉的格兰迪（佛罗伦萨国立考古博物馆）、帕里斯·博尔多内（梵蒂冈绘画陈列馆）、保罗·乌切洛（巴黎，雅克马尔·安德烈美术馆）等人的绘画到米歇尔·科隆布（卢浮宫博物馆）的雕塑，三位一体的基本构图始终没有改变，身披铠甲的圣徒举枪刺向带鳞的巨大怪物，一旁的圣女在美丽的风景中献上祈祷。我们只需要把圣女换成异教徒安德洛墨达，顷刻间就会发现，这一构图与本韦努托·切利尼的珀尔修斯雕像（1553年，佛罗伦萨，佣兵凉廊）及后来安格尔那幅著名的《珀尔修斯和安德洛墨达》（伦敦，英国国家美术馆）的构图完全一致。

在乌切洛以"圣乔治"为主题的作品中，画面由被极度简化的风景构成，描绘洞窟时的非现实笔法令人联想到表现主义的舞台装置，这一切都表明与哥特传统相结合的15世纪意大利精神最终得以完成。克拉纳赫（佛罗伦萨，乌菲兹美术馆）与阿尔特多费（慕尼黑，老绘画陈列馆）那弥漫着魔法氛围的圣乔治题材的画作则通过描绘充斥着原始不安的森林与龙，表现出北方日耳曼民族的自然哲学。

根据马塞尔·布里翁对阿尔特多费的《圣乔治屠龙》（1510年）的阐释，"尽管这幅画的尺寸不大，却自成一个小宇宙，自含一种创世论。龙栖息于这座苍郁森林的中心，这里丛生着繁茂的植物，人类从不曾踏足。龙的巢穴就好比妖精故事中的鬼和女巫的住所。人类终其一生也没有跨越森林的边境，但是唯有与自身战斗、战胜自己内心之龙者，才能够抵达这座幽林的深处"（《幻想艺术》）。

如此一来，德意志绘画中所表现的圣乔治便成了尼伯龙根传说中的英雄齐格弗里德的精神性同族，后者为了寻求布伦希尔德以及法夫纳的宝藏而迷失在森林深处。值得注意的是，龙的外形也无法完全避免中世纪图像学的程式化，龙经常被表现为不定形的、奇异可怖的怪物。克拉纳赫和阿尔特多费笔下的龙更像是一种类似鳄鱼的生物。

阿尔特多费，《圣乔治屠龙》，
1510 年，慕尼黑，老绘画陈列馆

与其在远东的象征意义相仿，龙在欧洲北方艺术中也代表着支配宇宙的四大力量之一。尤其在基督教兴起以后，支配古代宗教的神性一律变为应当被克服的恶之象征，以及应当被压制的本能之化身，于是龙也逐渐被认为是属于恶魔领域的生物。此外，龙还象征着与基督教的精神性对立的兽性自然，也象征着农民和樵夫为了开垦土地而不得不与之战斗的邪恶自然（森林）。

马塞尔·布里翁指出，描绘了幽暗的日耳曼森林的文艺复兴早期的北方绘画——从阿尔特多费、克拉纳赫与莱昂哈德·贝克（Leonhard Beck）的"圣乔治"主题的画作，到格吕内瓦尔德的《伊森海姆祭坛画》中的《隐修士的对话》、汉斯·布克迈尔（Hans Burgkmair）的《拔摩岛的圣约翰》——都必须放在这一背景下审视。

最后，中世纪的龙的图像还有一种极富幻想色彩的变体——"邪恶之树"，其七根枝丫或者七条根茎经常被画作龙或者蛇。巴尔特鲁塞蒂斯已经通过旁征博引证明，植物根枝连接动物头颅的阿拉伯式（arabesque）花纹具有古老的亚洲起源。在这里，我只想论述适用于宗教理论的、作为中世纪西欧世界的象征性构图而存在的"邪恶之树"。

"邪恶之树"的纹章构图最早出现于经院神学家圣维克多的休（Hugh of Saint Victor）的著作《肉体与精神的果实》的插画。这棵树的树干象征着"骄傲"，在地下延伸的七条树根分别象征嫉妒、虚荣、愤怒、懒惰、吝啬、暴食以及色欲这七宗罪。由13世纪的多明我会教士罗兰编纂、献给菲利普三世（别称"勇敢者"）的《王者大全》中也出现了"邪恶之树"的纹章图案，但这幅画借用《启示录》中怪兽的七颗头作为七宗罪的象征。

霍克森的壁画，14世纪，英国，萨福克郡（七根树枝变成了龙）

英国萨福克郡的霍克森的壁画（14世纪）中"邪恶之树"的枝干末端变成了七条龙。左右各三条龙构成了树枝，中央的一条龙连接在树干的顶端。七条龙的口中吐出七个半身人像，他们是被拟人化的七宗罪。树下还有两头矮小的恶魔。

另外，在《慰藉的果园》（14世纪初，巴黎国立图书馆）的细密画中，圆形画面分为上下两部分，分别代表地上与地下。生长在地下并呈扇形的七条树根由蛇的身体构成，蛇的尾端连接着七宗罪的拟人化形象。地面的树干周围有两个音乐家和

一头恶魔，树干顶端的王座上坐着女王，也即圣母的反
面。这位女王想必是以地底蔓生的七宗罪为养料才得以盛
开的罪恶之花。正如"耶西之树"的顶端是宛若鲜花盛开
的圣母玛利亚，"邪恶之树"的顶端亦是宛若鲜花半开的
罪人玛利亚。

《慰藉的果园》细密画，14 世纪初，
巴黎国立图书馆（"邪恶之树"的七条树根由蛇的身体构成）

圣
安
东
尼
的
诱
惑

恐怖散发着令人难以抗拒的魅力。对恐怖的信仰构成了中世纪艺术中恶魔表达的基础。诚然，美亦有令人噤口不言的强大束缚力，但是美的魅力终究受时代与风土所限，必须存在于某种规范之中。相比之下，恐怖的魅力则存在于斥退一切规范的无秩序（anarchy）与过剩之中。历史上出现过多少人类社会和文明，人类就相应地创造过多少互相矛盾的"美"的规范；但对于恐怖，人类从来没有设定过能够依循的基准。换言之，恶魔艺术本来就具有超越时代与风土的跨境性特征。巴尔特鲁塞蒂斯在他那细致周密的恶魔图像学研究中格外强调了东西方交流——尽管令人觉得有几分专断，其理由也正在于此。

　　20世纪的超现实主义跨越数百年的间隔，在中世纪的神秘阴影中寻找与自己相似的形迹，或许亦是出于恐怖艺术超越时空的共通性。

"我们显然因为恐怖和丑恶而感到欣喜。美是单纯的，丑恶是异常的。较之单纯的事物，激荡的想象力偏爱异常的事物。"萨德在《索多玛一百二十天》中断言道。尤为有趣的是，在造型艺术的历史上，恐怖和异常的魅力与原始人在巫术方面的欲望息息相关，其出现要远远早于美的规范。

从现象学的角度来说，恶魔性事物是"表现为纯粹攻击性的非存在"〔恩里科·卡斯泰利（Enrico Castelli）〕。如果现实主义与规范性的美代表存在，那么对于存在之正统性的无限否定则不啻为来自虚无领域的诱惑。因此，恶魔艺术不再追求客观世界中逻辑严密的形象与色彩，转而追求主观性的无限制表述。所谓恶魔性事物，即不可能存在于我们内部之物的别名，它尽可能地远离客观性，而且榨取客观性以达到过剩状态。

博斯的辩护者、西班牙的神学家锡古恩萨神父（José de Sigüenza）说："博斯与其他画家的区别在于，其他人以人类的外部视角来描绘人类，唯独博斯大胆地以人类的内心视角作画。"值得注意的是，这番话一语道破了恶魔艺术的本质。

被德尔图良（Tertullian）称为"模仿神的猴子"的恶魔试图破坏神创造的存在的秩序，播撒下荒谬的失序之种。在博斯的画中，反叛的道具和器物长出手脚，自发地动了起来，这是恶魔对存在之否认的最明显表现。人类受

博斯，《圣安东尼的诱惑》三联画右幅，16 世纪初，里斯本国立古代美术馆（一男一女乘坐大鱼在天空中飞行）

到日常使用的道具、乐器、骰子、油灯、钥匙的拷问，这是存在对人类的复仇，是对"表现为纯粹攻击性的非存在"的悖论性表达。有生命的道具与恶魔是存在与非存在为了反叛神创造的秩序联手组成的同盟军。

诱惑（temptatio）即"尝试"，而这种"尝试"无疑是想要无视神的造物、重建混沌世界之恶魔的尝试。从人类的立场来看，恶魔的尝试变成了"攻击""诱惑"。拉丁语中的"诱惑"同时含有这三种意思。

如此看来，恶魔是人类虚无的外化，是与人类亲密无间的"第二自我"。根据弗洛伊德的学说，"对原始人而言，精灵和恶魔只是其感情倾向的投影。他将这种倾向人格化，让这一化身留宿在现实世界，从而能够在自身之外重新发现自己的心理过程"。

于是我们也就不难理解，"诱惑"的主题能够在恶魔艺术领域中占据一席之地绝非偶然。弗洛伊德理论中的自我斗争机制在艺术家的内心得到升华，继而外化表现在绘画作品中，这就是所有以"诱惑"为主题的绘画的心理学意义。北欧画家们在一个半世纪的漫长岁月中对"圣安东尼的诱惑"主题痴迷不已，而对博斯来说，他早已挥毫过不知多少次，根本不足为奇。因为"诱惑"是这位"以人类的内心视角作画"的画家一生中遇到过无数次并且格外重视的主题。

巴尔特鲁塞蒂斯针对远东艺术的"佛陀的诱惑"与

西欧的"圣安东尼的诱惑"之间的类同发表过极为精湛的见解。

　　菩萨坐在菩提伽耶的菩提树下冥想，魔罗（该词在日语中指阴茎）使出所有诱惑手段以妨碍他的修行，或是

佛陀的诱惑，10世纪，吉美国立亚洲艺术博物馆

送来三个美貌的女子，或是率领恶魔军队汹汹而来。在这支魔军中，"有的长了一千张嘴，有的是一副大腹便便的奇特外形。他们手持枪棒箭矢等武器，以血为水、以蛇为食，发出穷凶极恶的喊叫，令黑暗在世间扩散"［保罗·马松–乌塞尔[①]（Paul Masson-Oursel）］。

埃及科普特地区的沙漠隐士圣安东尼的传说，经其弟子、亚历山大里亚的教父亚大纳西（Athanasius）在4世纪的西欧广泛流传。科普特地区是东西方交流的岔路口，因此，圣安东尼的传说在传入西欧之前似乎受到了古代亚洲民间传说的各种影响。很多学者已经证明圣安东尼本人具有印度血统。圣安东尼传说的东方起源说的决定性证据是，以"佛陀的诱惑"为主题的10世纪中国壁画（吉美国立亚洲艺术博物馆）在构图上与西欧的"诱惑"题材绘画非常相似。

如今，圣安东尼传说因为福楼拜的小说而家喻户晓，而对中世纪晚期的西欧艺术家而言，这一主题却是解放被禁的恶魔幻想的绝妙借口。换言之，画家画出了隐藏在宗教主题之下的诱惑图景。主题终归只是手段，画家倾注心力真正要表现的是恐怖的魅力、爱欲的魅力。画家在纸上制造幻影去诱惑圣安东尼的同时，自身也不得不受到这些幻影的诱惑。

---

① 保罗·马松–乌塞尔（1882—1956），法国东方主义学者和哲学家，是"比较哲学"的先驱。

　　"诱惑"题材的绘画是画家为了向自己以及世界验证内心幻想与恐怖魅力的试金石。追求恐怖的画家必须选择一种双重立场：他们既是诱惑者，也是受诱惑者。这就是"诱惑"主题的人类学意义。

　　恶魔艺术在德意志及佛兰德地区的流行首先要归功于科尔马的画家马丁·施恩告尔（Martin Schongauer），而他的"诱惑"题材铜版画（1473年以前）的灵感来自E. S. 大师[①]（Master E. S.）的木版画（1466年）。不过，尽管圣徒与成群的恶魔在空中飞翔的构图有传说典故可循，但马丁·施恩告尔是第一个将其付诸笔端的人。他开创的主题被日后的克拉纳赫、扬·曼丹（Jan Mandyn）、约阿希姆·帕蒂尼尔（Joachim Patinir）、梅尔滕·德·福斯（Maerten de Vos）、扬·德·科克（Jan De Cock）等人继承。

　　如此不可思议的空中飞行（或空中浮游）图究竟是想表现圣徒的宗教陶醉，还是想说明恶魔的拷问亦是一场神所赐予的试炼、一个促使圣人抵达无我境界的契机？然而，画家刻意创造出恶魔驮着圣人在空中飞行的意象，使得情况更加暧昧不清。圣人心中疑窦丛生，难以辨别恶魔与天使。

　　圣人想必为心中的种种疑惑所苦。这些来折磨自己的恶魔是神的使者吗？若果真如此，自己是否应该对这场神

---

① 　E. S. 大师，哥特艺术晚期身份不明的德国雕刻师、金匠和版画家。

施恩告尔，《圣安东尼的诱惑》，铜版画，15世纪

的试炼表示感恩与喜悦？但若它们真是恶魔，我一时大意而沾沾自喜，岂不是中了恶魔的奸计，屈服于诱惑了？可真正的恶魔具有驮着人类在空中飞行的能力吗？……

　　诱惑诞生于疑惑。恶魔的诱惑便是要制造疑惑。自然世界本应是永恒不动的，但在圣人周围蠕动的怪异生物不断激荡着自然世界，不断播下疑问的种子，迫使圣人做出答复，去理解这一切。恶魔试图让圣人对它缔造的无秩序之现实产生求知欲。然而，无论做何解释，对世界产生怀疑都是抛弃信仰的第一步。若想坚持信仰，务必放弃解释世界的意志，将视线从现实世界移开。无秩序的现实必须被遮蔽。圣人深知，见者必将毁灭，每一个怀疑主义者都将堕入地狱。

正因如此，在15世纪后半叶至16世纪初德意志、佛兰德地区以"诱惑"为主题的绘画中，圣安东尼无一例外都是一副对外界漠不关心、随意应付的神情，仿佛已经停止了思考和判断。东野芳明在《洞窟画家》中的评述不可谓不精辟："怪物们使尽浑身解数来恫吓、威胁圣安东尼，他却仿佛置身事外，对周围的情景全然没有一丝兴趣。"

圣人为了成就自身的神圣性，即使遭受到恶魔最残酷的折磨，其灵魂也必须保持处变不惊。无从逃避。无可反抗。从非存在（恶魔）的魔掌下逃离或对其进行反抗意味着主动堕入恶魔附身的状态，踏入名为虚无的深渊。相反，只要拒不承认幻影为现实，那么就算被乱棍殴打，圣人也会毫发无伤。因为敌人皆为虚无。当圣人顽固地拒绝承认解体的现实才是现实之时，神的恩宠自会降临其身——中世纪晚期宗教艺术的图像学向我们展现的隐修士的神情便是对此心知肚明之人的神情。

而就在隐修士漠不关心的表情逐渐崩坏的过程中，我们切实地听见了中世纪宗教权威坠地的回响。譬如博斯著名的《圣安东尼的诱惑》三联画的右幅。

博斯，《圣安东尼的诱惑》三联画右幅，
16 世纪初，里斯本国立古代美术馆

　　一只巨大的青蛙张开膜质翅膀在空中飞行，圣人坐在它的肚子上，仿佛快要向后仰倒。背负着一艘断桅之船的怪物、张开血口的鱼、手持镰刀的神秘怪物在他的四周纷乱交飞。在这晦暗的空间中，圣人最终忘记了漠然的表情，下意识地双手合十，摆出祈祷的姿势，仿佛这是灵魂受难的象征。在博斯的三联画中，诱惑演变为真正的危机，恶魔对圣人绝望的祈祷不屑一顾，随时准备发起恐怖的攻击……

　　这位画家在风格的完成度上比《伊森海姆祭坛画》的

作者格吕内瓦尔德略逊一筹。还有一位画家也深知恐怖是最强烈的诱惑，此人就是尼克劳斯·曼努埃尔·多伊奇（Niklaus Manuel Deutsch）。伯尔尼美术馆的《圣安东尼的诱惑》（1520年）完全是萨德侯爵所谓"丑恶的魅力"的体现。但事实确如萨德侯爵所说，丑恶的事物最能吸引人心吗？

　　在描绘令人作呕的恶魔性事物的技艺上，无人能超越尼克劳斯·曼努埃尔。一头丑陋的恶魔相貌如狼，张开的嘴巴裂至耳际，正在把胃里涌上来的污物吐到圣人的脸上。一头长得像鸟的怪物耷拉着一根黏糊糊的舌头，另外

尼克劳斯·曼努埃尔·多伊奇，《圣安东尼的诱惑》（局部），伯尔尼美术馆

两头怪物也伸出长舌头威吓圣人。画家用黏液似的呕吐物表现"诱惑"这一概念，就这一点来说，他或许堪称萨特的存在主义的遥远先驱。这么一想，在画面左侧抡起木棒的恶魔的身体与小说《恶心》中引发罗冈丹呕吐感的树根难道不是相似的物质吗？

这幅作品之所以会引起某些观者的反感，想必也是因为"呕吐感"。弥漫着呕吐气息的画面只会招致观者对虚妄现实的反感。尼克劳斯·曼努埃尔是宗教改革的支持者，曾经激烈地抨击罗马教廷的权力过大，或许，正统基督教统治的世界在他眼中只不过是令人作呕的东西罢了。如果用一个存在主义意象来翻译"恐怖"，那么无疑就是"恶心"。

一般而言，北方艺术中的恶魔具有明显的杂交倾向，通常以奇怪的动物杂交体形象出现，而在意大利的"诱惑"主题的绘画中出现的恶魔则是四肢健全的人类形象。阿尼奥洛·加迪（Agnolo Gaddi）的壁画（14世纪末，佛罗伦萨，圣十字大教堂）中的恶魔长有如同日本鬼怪一样的犄角和獠牙，挥舞着棍棒；在萨塞特[①]（Sassetta）的版画（15世纪初，纽黑文，贾夫斯[②]私人收藏）中，有两头恶魔正在鞭笞圣徒，还有一头飞行的恶魔双手各握一条蛇，这些恶魔都被描绘成与人类相似的容貌。

---

① 萨塞特，即斯特凡诺·迪·乔瓦尼（Stefano di Giovanni），意大利画家，被认为是文艺复兴时期锡耶纳画派的最重要代表之一。
② 贾夫斯，即詹姆斯·贾夫斯（James Jarves），美国艺术品收藏家。

萨塞特，《圣安东尼的诱惑》，
15 世纪初，纽黑文，贾夫斯私人收藏

　　在众多的恶魔中，贝尔纳多·帕伦蒂诺（Bernardo Parentino）的作品（16世纪初，罗马，多利亚潘菲利美术馆）中恶魔形象的怪异程度可谓无与伦比。它们虽然仍呈现出人类的体态相貌，但其独具一格之处在于，靠近圣人的两头恶魔仿佛佩戴着非洲土著的面具或者日本的狮子假面。因此，追求恐怖的艺术家帕伦蒂诺所表现出的卓越独创性理应得到认可。

　　化身为"面具"的恶魔性事物精确地捕捉了画家们的处境。面具是用于遮蔽人性、将幻影渗透入生命的巫术性小道具。作为"模仿神的猴子"的恶魔戴上面具后又会发生什么呢？存在与非存在、现实与虚妄之间的普遍关系必定会受到更加复杂的增幅作用的影响。对有意制造暧昧意识的恶魔而言，凡此种种正合其意。即使对我们人类而言，戴面具的恶魔也要比挥舞棍棒的人形恶魔更加令人毛骨悚然。

　　意大利画家不喜欢超自然的角度，他们更愿意从自然的角度审视"恶"。帕伦蒂诺在这一点上显然是异类，他更像是一个来自德意志的画家。画面左侧的角落里蹲踞着一头怪物，身体像骸骨般历历可见，它把弥撒祈祷经书捧在手上，仿佛在嘲笑一般歪扭着下颌。右上方的岩石上有一头背对着我们的恶魔，恶臭的液体从肛门往下流成一条直线。更有甚者，请细心观察位于画面中心的恶魔，看它那毛发浓密的腰部和袒露在外的阴茎……

贝尔纳多·帕伦蒂诺,《圣安东尼的诱惑》
（局部），16 世纪初，罗马，多利亚潘菲利美术馆

蹲踞在画面左侧角落里的骸骨恶魔，贝尔纳多·帕伦
蒂诺，《圣安东尼的诱惑》（局部），16 世纪初

　　15世纪后的一系列"诱惑"题材的绘画中几乎没有出现过女性的裸体。博斯笔下的裸体不是诱惑，而是象征。17、18世纪的画家将淫荡寓于女性裸体画下之时，中世纪的神学动机已经消失了大半。15世纪末至16世纪初的画家，比如，在卢卡斯·范·莱登（Lucas van Leyden）、尼克劳斯·曼努埃尔等人以"诱惑"为主题的绘画中，女性一律身着奢华的服饰，丝毫不见夸耀肉体魅力的迹象。她们与其说是女人，不若说是虚荣的象征。

卢卡斯·范·莱登，
《圣安东尼的诱惑》，铜版画，1530年

扬·德·科克的《圣安东尼的诱惑》中不存在怪物，只有四个佩戴透明面纱与王冠的少女伫立在圣人面前。在亨利·布莱斯（Herri Blès）的画中，则是长着鹿角的老妇把两个少女带给圣人。彼得·于斯（Pieter Huys）的《圣安东尼的诱惑》（卢浮宫博物馆）中出现了袒胸露乳、臀部有刺青的东方女性。普拉多美术馆收藏的《圣安东尼的诱惑》据说是帕蒂尼尔与昆廷·马西斯（Quentin Matsys）的作品，画中的三个少女将苹果递向圣人。无论在哪一幅画中，少女的身旁必定有一位老妇，仿佛在向我们暗示，她们乃是虚荣的象征。

为了诱惑隐修士，恶魔们常常派出虚荣的女人打头阵，而自己则躲在女人背后伺机而动。然而，来自地狱的诱惑手段很快就会变成一种更加直接、更加通俗的武器——恐怖。从格吕内瓦尔德到帕伦蒂诺，至此，我们已经概述了文艺复兴早期恐怖艺术的分布情况。最后，我还想写下一位恐怖艺术画家的名字——萨尔瓦托·罗萨（Salvator Rosa），他与雅克·卡洛（Jacques Callot）齐名，二者同为开辟了具有独创性的“诱惑”主题的17世纪画家。

罗萨在他的《圣安东尼的诱惑》（圣雷莫，兰巴尔迪艺术画廊）中描绘了一头身体细长的奇特怪物。手握十字架的圣人踉跄欲倒，怪物极具威胁意味地叉开双腿，阻挡住他的去路。这头诡秘的怪物长着一张马脸，翅膀像鸟的骨

萨尔瓦托·罗萨,《圣安东尼的诱惑》,
1645 年,圣雷莫,兰巴尔迪艺术画廊

头,脖颈像一根长管,胸前是一对女人的乳房。然而,我
觉得最有意趣的地方是,它异常细长的下肢仿佛由数个关
节支撑起来,这不禁令人想起萨尔瓦多·达利(Salvador
Dalí)的《圣安东尼的诱惑》。想必读者已经察觉,罗萨笔
下手握十字架的圣人的姿势也与达利的画如出一辙。

据说日本有种名叫"次第高"的妖怪，它会随着人的视线向上抬而不断长高。萨尔瓦托·罗萨所仰视的恶魔和这个不是很相似吗？另外，达利画中的大象四肢纤细如蛛脚，骏马高高挺起肌肉饱满的胸部，这些不都是一种"次第高"现象吗？圣人心中默念着"不看"，却不由得抬起视线，看到了怪物。怪物细长的双腿犹如昆虫一般具有数个关节。随着圣人的视线不断抬高，怪物仿佛伸缩自如的三脚架一般无限地长高，最终长成刺破青天的庞然大物。

萨尔瓦多·达利，《圣安东尼的诱惑》，1946 年，私人收藏

死亡的恐怖与魅惑

随着世界衰落与终结的观念越来越深入人心，在13世纪至15世纪的中世纪人心中，"死亡"的幻象引发了强烈、离奇的共鸣。一种以"死亡"为媒介的平等思想如管风琴的乐音一般回荡在行将崩溃的中世纪社会的每一个角落。

　　再没有任何时代像"中世纪之秋"一样，艺术家们愿意为死亡的幻象神魂颠倒。骷髅头装饰着火炉的架子，"谨记死亡"（memento mori）的箴言镌刻在酒壶上，更是不绝如缕地回响在生活中。不仅仅是艺术家，连教士、贵族和庶民也参与其中。他们为何如此执着于"死亡"的主题呢？一般认为，"黑死病"（鼠疫）是最重要的原因。这场瘟疫于1347年暴发于克里米亚半岛，随后登陆意大利并且一路北上，甚至扩散到法国、英国、挪威等地，夺去了无数人的生命。譬如，比萨的坎波桑托纳骨堂的《死亡的胜利》（14世纪中叶）似乎就与曾经严重威胁过佛罗伦萨的鼠疫有关。画面中挥舞着巨大镰刀、长着蝙蝠翅膀的死神在空中盘旋，大地上横陈着累累白骨。这被认为是在表现瘟疫所带来的死亡之不可抗性。

无疑，"死亡"主题的流行并非只是因为瘟疫，如赫伊津哈所举的例子，"随着托钵修会的出现，面向普通民众的布道日渐普及，往昔训诫的声音逐渐变成具有胁迫性的合唱"（《中世纪的秋天》）。此处的托钵修会指的是13世纪以降以意大利为中心展开活动的方济各会，他们教诲民众应当在清贫和苦修之中与基督共同生活。方济各会完美地体现了中世纪的受虐狂式共同体理念，他们的禁欲理想给晚期哥特艺术的宗教剧与其他艺术带去了至关重要的影响。

在托马斯·曼的《魔山》中，纳夫塔是一个怪诞的中世纪主义者。纳夫塔看到了一座哥特时期的圣母怜子像。这是一尊基督木雕像，他那经过解剖学式夸张的手脚无力地垂下，浑身浸透着浓血与汗水，乌黑的面庞上浮现出苦涩的神情。纳夫塔看罢说道：

> 作者并不是什么了不起的某位艺术大师，没有姓名，是某些人的共同作品。此外，创作的时间又是中世纪的后期，属于哥特式，Signum mortificationis[①]。在

---

① 拉丁文，意为"禁欲的象征"。——原书注

掳走人类的飞行恶魔,《死亡的胜利》(局部),
14 世纪中叶，比萨，坎波桑托纳骨堂

　　这里，您再也找不到什么怜惜和美化，而在罗马时代，艺术家认为在创作耶稣受难时是少不了这些的。这里您看不到王冠，看不到对于世界和殉难而死的庄严的胜利。一切都极端地表现了痛苦和肉体上的软弱无力。悲观主义和禁欲主义——哥特式风格就是这么一回事。①

　　中世纪的受虐狂症状是无名共同体式的欢愉，是在神的拷问中备受折磨的快意。它衍生出一种对死亡之丑恶进行夸张化的倾向，各式各样的基督受难图——背负十字架的基督、荆棘王冠、鞭笞、十字架的磔刑、圣母怜子、基督下葬——时常描绘出令人目不忍视的凄惨情景。无论在谁看来，基督之死都是世间最为恐怖、最为丑恶的死亡。

　　终末思想最直白的造型表现是"最后的审判"及"地狱"的主题，它还催生出了恶魔的图像学；但另一方面，由终末思想派生出的"死亡"幻象与上述图像学的发展几乎没有关联，"死亡"终究完结于其自我表现之中。换言之，数个世纪以来，死亡本身在造型艺术和文学作品中表现为丑陋的老头、老妇、骑马的天启骑士或者骸骨的形象，但是死亡这一事实无法被描绘成可视化的形态，因

---

① 引文参见托马斯·曼，《魔山》（下），钱鸿嘉译，上海：上海译文出版社，1991年，第555—556页。

此，我们只能通过刻画被死亡侵袭之人以代替描述死亡本身。除了这种悖论性的认识手段，再无其他具体技术能够表现死亡。

因此，人类面对恶魔时所感受到的对死亡的恐惧并非对纯粹非存在的恐惧，而是对存在发生的变化感到恐惧，是对必将面临疾病、衰老、腐烂的宿命论未来感到恐惧，是对时间感到恐惧。

据乔治·巴塔耶所说："死者对于其他生者是一种威胁：生者将其埋葬，不完全是为了保护他，更多是为了保护自己不受'传染'。通常'传染'的想法与尸体的分解有关，其中有种令人生畏的攻击性力量。生理上尸体会很快腐烂，哪怕是面对新鲜的尸体，这种无序也让生者看到了自己的命运图景，并在其内心留下一种威胁。我们不再相信接触巫术（magie contagieuse），但是，我们之中又有谁敢说自己即使看到一具满布尸虫的躯体也能面不改色？ [1]"（《色情》）

即使如此，13 世纪的艺术家大多数时候仅仅满足于描画出平静而甘美的尸体。尸体不是恐怖的对象，而是能够给予慰藉的事物。直到 14 世纪末，画家们在具备某种程度的写实能力之后，才开始用细致的现实主义笔法将尸体描画成丑恶、可怖的形象。"墓碑前赤裸的尸体呈现出

---

[1] 引文参见乔治·巴塔耶，《色情》，张璐译，南京：南京大学出版社，20_9 年，第 63 页。

很多种恐怖的情形，有的正在腐烂，有的身躯已经萎缩，手脚在不住地痉挛后变得硬直，嘴巴裂开，内脏里蠕动着蛆虫。"（赫伊津哈）

在坎波桑托纳骨堂的壁画中，三口棺材停放在林中一隅，里面是已经腐烂的尸体。一群在林中狩猎的武士和贵妇人撞见这凄惨的光景，不由得转过头去，捂住鼻子，浑身发抖（左半部分）。棺中的三具尸体表现了腐烂状态的三个阶段：第一具尸体刚开始发酵，脸颊和腹部都鼓了起来；第二具尸体的肉已经坍崩，露出半个头盖骨；第三具尸体上还残留着少许肉，但已经完全化成了森森白骨。棺材上方的一处高地上有一位隐修士，圣典的卷轴摊开在一旁，他正述说着尘世的无常，宣扬禁欲遁世的修道院理想生活。

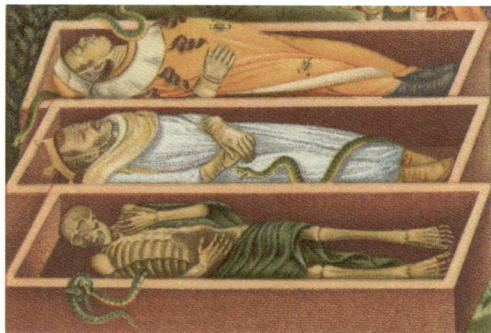

尸体腐烂的三个阶段，14 世纪中叶，
比萨，坎波桑托纳骨堂的壁画

"死亡"的主题包含着警醒尘世的无常、蔑视官能主义、强调肉体脆弱易毁等道德训诫，13世纪的法国文学已经涉及这一主题。《三个死者与三个生者》是一篇韵文故事。三个年轻的贵族偶然遇到了三具尸骸，它们分别说"我是教皇""我是德高望重的教士""我是教皇的秘书"。然后又说出了一个预言："尔等很快就将步我们的后尘。权力、名誉、财富顷刻间便会散尽。"比萨的壁画堪称"骸骨问答"主题在造型艺术中最早的表现。

同样的例子在后世还有很多，譬如1402年在阿维尼翁逝世的拉格朗热枢机主教（Jean de La Grange）的墓碑雕刻（阿维尼翁，卡尔维博物馆），其上刻有碑铭："你不久就会和我一样，化作散发出恶臭的残骸，被蛆虫啃食殆尽。"这块墓碑上雕的尸体与比萨壁画中第三具尸体的腐烂情况几乎一致。

乔治·巴塔耶恰当地指出："古代诸民族认为，被晾干的骸骨是死亡带来的暴力威胁平息的证据。最常见的情况是，进入暴力领域的死者本身在生者眼中具有了无序的性质，而他的白骨最终表明他得以安息。"中世纪有一种奇怪的风俗：远离故乡的贵族死后，要将其遗体切碎，经长时间熬煮使得肉与骨头分离，只把骨头洗干净装进行囊，送回故乡以正式安葬。这一习俗在12、13世纪广泛流传，似乎连国王和主教也这么做（赫伊津哈）。

然而，我们若以为死亡对当时的人们来说只是恐怖的对象，不免有失偏颇。埃米尔·马勒的记述已经向我们证明，死亡尽管恐怖，却也曾对普通民众充满诱惑力，"卖春妇徘徊在巴黎圣婴教堂公墓的回廊和墓石之间"（《中世纪晚期的宗教艺术》）。

实际上，死后能够下葬于这座著名的巴黎墓园是当时巴黎人的夙愿。据说，哪怕是那些时运不济、未能如愿的人也希望至少从这座公墓中取回一抔土放入自己的墓中。

我们只消看一眼画家皮耶罗·迪·科西莫（Piero di Cosimo）为1433年佛罗伦萨狂欢节的游行队列设计的装饰，就能明白当时的普通民众与死亡的关系何等亲密，他们的日常生活已经成了一场与死亡的嬉戏。根据乔治·瓦萨里（Giorgio Vasari）的记载，一辆画着骷髅头的大车在黑牛的牵引下徐徐前行，车头矗立着手握巨大镰刀的死神，它的周围排列着墓石。装扮成死人的演员们扛起黑色的十字架与旗帜，络绎不绝地跟随在死神身后。市民们看到这一幕纷纷致以热烈的喝彩。

艺术上"死亡的胜利"的主题最初完成于意大利，而至14世纪之时，"死亡之舞"的怪异主题和之前提及的《三个死者与三个生者》一样在法国兴起。

埃米尔·马勒提出过一个大胆的假说：15世纪艺术作品的母题大多是对当时流行的戏剧的模仿。就连反对此说的赫伊津哈也不得不承认，壁画与木版画中"死亡之舞"的母题在当时的戏剧中屡屡出现。"死亡之舞"是在最大程度上表现丑恶的主题，其流行恐怕不止于中世纪。直到文艺复兴时期，它依然盛行，甚至在19世纪以后仍被用作绘画、散文（歌德）与音乐（圣桑）的题材。据说"死亡之舞"的起源是托钵修会布道的间歇上演的默剧（pantomime）和活人画（tableau vivant）。

在"骸骨问答"的主题中，死亡对生者的态度是极为温驯的，而且表现出了一种说教性；而在"死亡之舞"的主题中，死亡变得充满诱惑和暴力。人类与死亡携手起舞，仿佛在迷醉中被引向冥界。"骸骨问答"主题中的寂静氛围已全然不见，对现实世界的嘲笑、讥讽以及某种难以言喻的躁狂氛围弥漫于所有艺术中。以尸骸形象现身的"死亡"混入所有阶级的人群当中，上至王公贵族下至乡野村夫，莫不与其一同舞蹈、一同痴醉。"死亡之舞"就是这样一场魔法宴会。

"死亡之舞"的造型表现起源于15世纪。巴黎的圣婴教堂公墓的柱廊上有一幅创作于1424年的壁画，这或许是该主题在艺术中的首次登场，但可惜的是，这幅壁画在17世纪被毁坏了。之后，伦敦、法国北部的凯尔马里、德意志北部的吕贝克、法国中部的拉谢斯迪约和瑞士的巴塞尔的教堂中相继出现了同一主题的壁画（均出现于15世纪后半叶）。据说居伊·马尔尚创作于1485年的木版画《死亡之舞》初版插画也模仿了巴黎圣婴教堂公墓的壁

画。次年，马尔尚的第二版插画面世，《女人们的死亡之
舞》也在同一时期出版。对这些木版画的成功嫉妒不已的
韦拉尔在1492年出版了自己的仿作。16世纪的霍尔拜因
的木版画《死亡历书》显然也受到法国插画本的影响。他
的"死亡之舞"以《死亡幻影》为题，于1538年出版于
里昂。

　　在拉谢斯迪约教会的稚拙壁画中，衣衫褴褛的"死
亡"还没有彻底风化为骸骨，尸身的肉还没有剥离干净。
"死亡"与身着华冠丽服的生者——贵族、贵妇人和修道
士——一对一地手挽手，跳起了动作夸张的舞蹈。一言以
蔽之，所谓的"死亡之舞"从一开始就是亡者的圆舞，而
绝非骸骨的舞蹈。歌德在观看了古代意大利库迈的石棺浮

死亡之舞，15世纪末，《纽伦堡编年史》

雕之后也得出了相同的结论。15世纪的"死亡之舞"与罗马时代的石棺、博斯科雷亚莱出土的银器（卢浮宫博物馆）中描绘的亡灵群舞之间具有一种奇妙的类同关系，这些舞蹈的主角从来都不是骸骨和死神。直到1500年左右，骸骨才在霍尔拜因的画作中首次担任舞者这一主要角色。

佩特罗尼乌斯（Petronius）的《萨蒂利孔》中著名的《特里马尔基奥的家宴》一章中出现了奴隶用餐桌搬运银质骸骨的情节。这具"关节与脊椎能够向任意方向弯曲"的骸骨主要是为了把生命的欢乐带给宴会宾客。特里马尔基奥唱道："可怜的人类哟！只要下一趟地狱，你我可就毫无差别。趁着幸福许诺的时间还未到限，享受生命吧！"不是"谨记死亡"，而是"谨记生命"。不仅限于《萨蒂利孔》，古典时代的文艺美术中的"死亡"主题通常源于耽于肉体享乐与游荡的快乐主义精神和颓废主义精神。或许是受到东方的影响，"死亡"主题才逐渐转向基督教"谨记死亡"的图式、晦暗生命的不安以及禁欲主义的精神。

赫伊津哈指出："生命的不安是一种否定美与幸福的感情。因为美与幸福的背后必有伤心与悲叹如影随形。中世纪基督教所揭示的这种思想，与古印度文化，尤其是佛教思想之间有着惊人的相似性。"罗马帝国倾颓时期的遗产嫁接在亚洲的受苦论上，最终构建出基督教反常的死亡理想。根据巴尔特鲁塞蒂斯的考证，印度、西藏、中亚等

地的寺庙和岩窟中都出现了尸体腐烂以及"死亡之舞"的
残酷构图，尤其是佛经故事中被称为"毗陀罗"和"尸陀
林主"的墓地幽灵或者死神，或是中世纪西欧的骸骨的古
老原型。

格吕内瓦尔德，《死去的恋人》，
15 世纪，斯特拉斯堡美术馆

　　西藏的喇嘛教自古以来就有一种由僧侣装扮成骸骨跳舞的宗教仪式。喇嘛教在元朝时（13、14世纪）盛极一时，作为其中心地之一的大都（今北京）也是当时传教足迹遍及亚洲的方济各会的根据地。因此，方济各会的修士理应对喇嘛教的宗教仪式有所耳闻。从这一角度观之，埃米尔·马勒所主张的方济各会修士促进了"死亡之舞"在西欧的传播之说尤为可信。

　　壁画《死亡的胜利》位于比萨，据说出自奥尔卡尼亚或者弗朗切斯科·特拉伊尼（Francesco Traini）之手。这幅画在"死亡的胜利"主题的发祥地意大利衍生出众多的分支类型，甚至深刻地影响了米开朗琪罗的《最后的审判》。然而，从最本真的意义上使"死亡的胜利"主题得到发展并且创作出最富戏剧性的艺术表现之人，当属尼德兰画家勃鲁盖尔（约1562年，普拉多美术馆）。在他的画作《死亡的胜利》中，大火烧焦天穹，裁决人类罪行的无数种刑罚手段令人想起最后的审判；在画面前景中，到处上演着的"死亡"对人类进行集体处决的场景实现了凄惨绝伦的形式之美。马塞尔·布里翁称这支死亡大军堪与阿尔特多费著名的《阿贝拉会战》中的军队匹敌。这幅画是画家在"死亡的胜利"之后眺望到的世界毁灭的图景，或许这才是对末世最纯粹的表现。

　　当拉丁系画家仍不厌其烦地重复着墓地的单调装

老彼得·勃鲁盖尔，《死亡的胜利》，16世纪，普拉多美术馆

饰——挥舞巨镰砍倒人群的"死亡"，骑在疾驰的马上挽
弓搭箭、瞄准生者性命的"死亡"——的时候，北方日耳
曼人凭借其浮士德精神已经在种类繁多的"死亡之舞"作
品中引入了英雄传说式要素。与死亡决斗的骑士主题和与
怪物战斗的圣乔治、与龙战斗的齐格弗里德的主题遥相呼
应。中世纪的受苦论在德意志往往会被提升到悲剧的高度。
当死亡的胜利变成前提时，无疑能营造出更加沉重的悲剧
感。最具有悲剧色彩与英雄主义精神的画家是丢勒。他敏
锐地对宗教改革做出回应，将世界的终结作为自己毕生创
作的主题。尤其在他的素描和木版画中，"死亡"时有露面。

　　或许我们可以进一步说，从中世纪的黑夜至文艺复兴的黎明，德意志画家最早将深藏在意识之下的恐怖与色情、死亡与爱欲的结合秘密写进了艺术史。"女人与死亡"是汉斯·巴尔东·格里恩（Hans Baldung Grien）一直尝试表现的主题，其中恐怖氛围最浓重的一幅画是《死亡与少女》（1517年，巴塞尔美术馆），忽然自墓穴中爬出的"死亡"从背后抱住一个肥硕的裸体女人，对着她后仰的脖颈露出尖利的牙齿。

　　据乔治·巴塔耶说，丢勒、克拉纳赫、汉斯·巴尔东·格里恩等人的作品诞生自肉欲表现受到诅咒的宗教世界的暗夜，这些作品的"情色价值在某种意义上令人心碎。它没有在一个轻易打开的世界里得到肯定。在这里，我们发现了一道摇曳不定的，甚至严格地说，狂躁不安的光芒"①。

　　"在阿尔布雷特·丢勒那里，情色和施虐狂的联系几乎不少于克拉纳赫或巴尔东·格里恩作品中的情形。但巴尔东·格里恩恰恰把情色的吸引同死亡联系了起来——同一种无所不能的、可怕的死亡图像联系了起来，但那样的死亡也把我们引向了一种充满魔力的魅惑感——他把情色的吸引同死亡，同死亡的腐烂，而不是痛苦，联系了起来。"②

①　引文参见乔治·巴塔耶，《爱神之泪》，尉光吉译，南京：南京大学出版社，2020年，第105页。
②　引文参见乔治·巴塔耶，《爱神之泪》，尉光吉译，南京：南京大学出版社，2020年，第91页。此处"阿尔布雷特"一般作"阿尔布雷希特"。

汉斯·巴尔东·格里恩，《死亡与少女》，
1517 年，巴塞尔美术馆

　　尼克劳斯·曼努埃尔·多伊奇也用过相似的手法来描绘同一主题。衣不蔽体、周身漂浮着腐臭的"死亡"一边与少女接吻，一边把手伸进她的裙子，插进她的胯间。（1517年，巴塞尔美术馆）

　　16世纪以后，有三位画家使"死亡"主题得到了进一步的发展和提炼，他们分别是西班牙的胡安·德·巴尔德斯·莱亚尔、何塞·古铁雷斯·索拉纳以及比利时的詹姆斯·恩索尔（James Ensor）。另外，20世纪特立独行的女画家莱昂诺尔·菲尼（Leonor Fini）也值得一提。

　　在巴尔德斯·莱亚尔风格阴郁的壁画《尘世荣光的终结》（1672年，塞维利亚慈善医院博物馆）中，缎带上

巴尔德斯·莱亚尔，《尘世荣光的终结》，
1672年，塞维利亚慈善医院博物馆

写有拉丁文的铭文"Finis gloriae mundi"（尘世荣光的终结）。画家凭借现实主义的笔致将尸体的腐烂过程描绘得栩栩如生。安德烈·布勒东认为这幅画尽管包含着正统天主教式的寓意，却暗藏着炼金术思想（《魔法艺术》）。

索拉纳的作品与恩索尔相仿，面具经常作为虚无的象征出现。索拉纳的《死亡之舞》[①]（马德里，J.巴莱罗收藏）是对"最后的审判"与"死亡的胜利"的西班牙式融合，堪称表现了怪诞之极致的作品。

至于莱昂诺尔·菲尼，我想要引用让·热内（Jean Genet）对其作品的评论："如果我不曾在她之中发现那散落在豪奢的死亡之间的绝望要素，我是否还会如此热衷于她的作品？"（《致莱昂诺尔·菲尼的信》）这番话用来评论那幅题为《解剖学的天使》（1950年）的死亡肖像再合适不过了。

---

① 疑作者误，指的是创作于 1932 年的《世界的终结》——编者注

索拉纳，《死亡之舞》，1932 年，马德里，私人收藏

图书在版编目（CIP）数据

恶魔幻影志 / (日) 涩泽龙彦著；王子豪译 . -- 北京：中国友谊出版公司，2021.9（2021.11 重印）
ISBN 978-7-5057-5290-0

Ⅰ.①恶… Ⅱ.①涩… ②王… Ⅲ.①随笔—作品集—日本—现代 Ⅳ.① I313.65

中国版本图书馆 CIP 数据核字 (2021) 第 153579 号

著作权合同登记号　图字：01-2021-4997

AKUMA NO CHUSEI by TATSUHIKO SHIIBUSAWA
© RYUKO SHIBUSAWA 2001
Originally published in Japan in 2001 by KAWADE SHOBO SHINSHA Ltd. Publishers
Chinese(Simplified Character only) translation rights arranged with
KAWADE SHOBO SHINSHA Ltd. Publishers, TOKYO.
through TOHAN CORPORATION, TOKYO.

书名	恶魔幻影志
作者	［日］涩泽龙彦
译者	王子豪
出版	中国友谊出版公司
发行	中国友谊出版公司
经销	新华书店
印刷	天津市豪迈印务有限公司
规格	787×1092 毫米　32 开
	5.75 印张　101 千字
版次	2021 年 9 月第 1 版
印次	2021 年 11 月第 2 次印刷
书号	ISBN 978-7-5057-5290-0
定价	45.00 元
地址	北京市朝阳区西坝河南里 17 号楼
邮编	100028
电话	（010）64678009